讀小說
Reading Novel

麥卡托狩獵惡人

麻耶雄嵩
YUTAKA MAYA

瑞昇文化

目錄

愛護精神

愛護精神

1

「我正在埋葬琢磨。」

曬成小麥色的額頭浮現豆大的汗珠，昭紀青年停下手中的鏟子說道。

「這傢伙死掉了，明明前天還活蹦亂跳的。」

「所以是昨天去世的？」

「突然就癱軟下來，才說要帶去給醫生看，在那之前就走了。」

寬敞的庭院裡長滿了杜鵑花和桃花樹，未經修剪的枝葉恣意伸展。春天呈現七彩斑斕的艷麗光景，如今已是盛夏，翠綠的葉片反射著陽光，貢獻滿眼綠意。此刻的溫度是三十五度。之前的氣象報告還預測今年夏天不會太炎熱，如今已被酷暑蒸發到一點影子都不剩，原本應該風和日麗的庭院如今只剩下悶熱的感覺。

庭院四周長滿雜亂無章的樹木，昭紀穿著T恤，正在有如RPG遊戲的存檔點般形成死角的角落挖洞。

這裡是我住的公寓隔壁，亦即房東家的庭院。從我位於二樓的房間往下可以稍微看到一隅，因爲看到昭紀詭異的行動，我才撥開樹籬來問他。

「是生病了嗎？」

「不曉得，一切都發生得太突然了。天氣這麼熱，也可能是中暑了。」

昭紀埋怨道，抬頭仰望毫不留情地把地上的水分全部蒸發的艷陽。圍在脖子上的毛巾早已被汗水濡濕得跟抹布沒兩樣，我不禁擔心他可能也要中暑了。

「會不會是食物中毒？住在對面的濱爺爺上週好像就因爲食物中毒住院了。」

昭紀好像也認識濱爺爺，聽我這麼說，手肘靠著插進土裡的鏟子握柄附和：

「這麼熱的天氣，聽說他居然把買回來的壽司放了兩天才吃。還自稱是壽司專家呢，居然沒發現味道已經變了，眞是太搞笑。」

不知他們有什麼過節，只見昭紀撇著嘴角，笑得很是不以爲然。

「濱爺爺與其說是壽司專家，不如說是看到跟壽司有關的東西就顧不得其他了。」

「不過如果是鮪魚生魚片，就算有一點變色，我也照吃不誤，所以也沒資格說別人。」

「我也是啊。冰箱裡多的是已經過期的食物。」

回顧自己一窮二白的飲食生活，我不禁有些唏噓。蛋和納豆、火腿、牛奶，還有其他一堆有的沒的。買回來囤積的糧食絕大部分都已經過了保存期限，幸好直到現在都還沒有吃壞肚子過。

「所以你要把豚磨埋在這裡啊？」

我看了一眼豚磨躺在旁邊的可憐遺體問道。正如昭紀所說，前天牠還很有精神地坐在玄關，就連我在二樓的房間裡都能聽見叫聲。如今卻在蟬聲的護送下緊閉雙眼，化爲一具冰冷的遺體。

「對，因爲是多美姊交代的。」

他口中的多美姊是公寓的房東，年方三十，是一位妖艷美麗的未亡人。

昭紀則是住在隔壁的大學生，經常受多美姊之託做一些雜事。不知是人本來就好，還是對未亡人有意思，總是二話不說地一口答應，在這個家忙進忙出。

「可是要埋這麼大一隻狗，保健所[1]不會有意見嗎？」

「我也不知道。」昭紀歪著頭想了一下。「不過五年前死掉的智也是埋在庭院裡。聽說是因爲想永遠在一起，不想葬在墓園裡。很浪漫吧。」

昭紀指著他剛才挖的洞旁邊。覆蓋著雜草的地面有如長瘤般微微隆起。沒有任何墓碑之類的東西，應該就是智的墓了。四年前才搬來的我不清楚智是條什麼樣的狗，但是從墳墓的大小來看，應該跟琢磨一樣，都是大型犬。

「上次也是你幫忙埋的？」

「不是，當時八尾先生還在。」

---

1 日本各地照顧居民健康及衛生的公家機關，類似台灣的衛生所。

八尾是多美的丈夫，兩年前去世。我幾乎沒和他打過照面，只知道是很厲害的投資客。除了這棟上百坪的房子和隔壁的公寓外，還有好幾筆土地及商業大樓等資產。

「不過，你看起來好累啊。」

「因爲最近一直都是晴天，土都被曬乾了，所以硬邦邦的。大概還得花一個小時以上吧。」

昭紀故作困擾地用腳踢了踢鏟子，但臉上沒有一絲嫌麻煩的表情。反而像是從爲女主人服務的行爲中找到被虐的喜悅。我對他與未亡人的關係頓時充滿興趣，但事關他人隱私，最好別再追究下去。就算是推理小說作家，若因此被鎮上的人貼上愛探人隱私的標籤可就得不償失了。

「那你加油吧。」

正要轉身離去時，多美端著裝了可爾必思的玻璃杯迎面而來。

「哎呀，美袋先生。」

年方三十的美貌遺孀以充滿女人味的嬌媚嗓音叫住我。眉清目秀的臉上浮現笑意，妖嬈的體態讓人恍然明白昭紀想爲她做牛做馬也是沒辦法的事。

她把透心涼的可爾必思交給昭紀後，說：

「剛好，我有件事想拜託你。」

「什麼事？」

我語帶警戒地回答。我因爲租房子而認識房東，但是與多美倒沒有過多交情。反而因爲從鄰居口中聽到一些不好的傳言，除非必要不想與她扯上任何關係。

有人說她嫁給大自己二十歲以上的丈夫是爲了財產。有人說丈夫之所以心臟病發作是因爲多美水性楊花。有人說丈夫死了以後，她就把繼子趕出去。有人說她現在一個人住在那棟豪宅裡，每天晚上都帶不同男人回家過夜。諸如此類……族繁不及備載。要是被左鄰右舍撞見我們站一起說話，說不定連我也會變成他們口中圍著她轉的火山孝子之一。天氣已經這麼熱了，誰要當火山孝子啊。

「是琢磨的事。」

多美才不管我的困惑，瞥了已經變得冷冰冰的純白秋田犬一眼，把化著精緻妝容的臉湊過來說。

「美袋先生，聽說你認識偵探對吧，混血的……」

「對呀。」我點點頭。她指的大概是麥卡托吧。「可是，我不確定他是不是混血。」

「這樣啊。因爲他的輪廓很深，我還以爲他是混血兒。眞的不是嗎？」

她以不願意老實承認錯誤的態度向我解釋。肯定是聽到名字就以爲麥卡托是混血兒吧。我也懶得說明，催她進入正題。

「我也不知道。所以呢，妳找偵探有什麼事？」

只見多美以迷濛的眼眸隨時都要浮現淚光的表情說：

「不瞞你說，我懷疑琢磨是不是被殺死的。」

「琢磨嗎？」

意料之外的答案令我忍不住再問一遍。

「多美姊，」昭紀從旁出言勸戒。「妳怎麼還在說這種話。」

「因爲牠明明直到前天都還活蹦亂跳啊。」

多美以撒嬌的聲音說道，鬧彆扭地望向昭紀。

「一出門就開始撒野，飯也吃得很香。而且牠才五歲，根本還不到要死掉的年紀。」

昭紀也不敢表現出太強硬的態度，只好不滿地小聲咕噥：「妳想太多了啦。」

「妳爲什麼會覺得琢磨是被殺死的？」

聽不出他們想表達什麼，我只好硬著頭皮打斷兩人愈來愈旁若無人的私密對話。多美以一種「你身爲推理小說作家未免也太遲鈍」的口吻說道：

「推理小說不是經常有這種橋段嗎。爲了不讓養的狗發出叫聲，先把狗殺掉。」

「呃，有是有……」我姑且理解她想說什麼了。「妳是說有人要殺妳嗎？」

「正是。」

多美斬釘截鐵地回答，一臉除此以外沒有其他選擇的篤定。

「誰想殺妳？」

「這還用說嗎，當然是徹啊。」

多美的表情意味著光是說出這個名字都會髒了自己的嘴。

徹是街坊口中被多美趕出家門的繼子。是八尾前妻的兒子，直到兩年前離開這個家以前，我們還算是談得來。雖然也有粗暴的一面，然而徹在我的印象中是個誠實的好青年。跟只差三歲的繼母合不來，八尾一死就離家出走。聽說現在住在堺一帶。去年我們碰巧在車站遇到，當時他告訴我，他已經在半年前結婚了。

「那小子的目的是我老公留給我的財產喔！」

多美以威尼斯商人般的眼神尖叫。

「絕不會錯。」

「怎麼可能是徹。」

我壓根兒也不相信多美說的話。這對沒有血緣關係的母子感情不好是眞的，徹被繼母趕出家門大概也是事實，但充滿男子氣概的徹不是那種貪財的人，就連多美爲了霸占八尾的遺產鬧得不可開交時，他也很乾脆地淨身出戶：「我不需要那些東西，一個人也能活下去。」這麼無欲無求的人近年來算是相當少見了，我不認爲他事到如今還想要奪回財產。

「因爲除了他以外，沒有人會這麼做。」

多美動氣地說，嘴角微微顫抖，枉費她那張標緻的臉。她顯然已經認定琢磨死於他殺了。

「所以呢？」

感覺就像是芙蓉蟹蓋飯配著起司蛋糕一起吃，我愈來愈提不起勁來，但還是請她繼續說下去。

「所以我想請你認識的偵探調查一下徹那傢伙，不然我會擔心得睡不著覺。」

說是這麼說，但多美連一個黑眼圈也沒有。

「我想想看喔……」

我抱著胳膊，表現出思索的模樣。因爲我很清楚麥卡托才不會接這種案子。

『居然來找我幫這種忙，你也眞糊塗啊。還是你也被未亡人的女人香迷住了。』

他大概會嗤之以鼻地一笑置之吧。我應該直接告訴多美嗎，可以的話我實在不想與她對立。

不僅因爲她是房東，再加上多美在這一帶的風評不好，還喜歡把事情鬧大，萬一惹她不高興，可能連我都會傳出奇怪的流言蜚語。對街有個很適合踢足球的高中生，去年夏天不曉得爲什麼被傳成偷了多美的內衣，從此徹底變成一個陰沉的傢伙。

「可是他的收費很高喔。」

我打算兜著圈子讓她知難而退。我可不想明知會被當成笑話還去找麥卡托。

「不能請他賣你一個面子嗎？」

多美一臉理所當然地向我撒嬌。

「他把錢看得很重，不可能賣我面子。」

「求求你了。說不定我今晚就會被殺掉。你就當是救人一命勝造七級浮屠，只是幫我問問他也好，希望他能給我一點建議。」

這才不只是幫妳問問看好嗎。心裡雖然這麼想，無奈我也敵不過她渾身上下散發的風情，最後還是點頭答應。

「好吧，我跟他商量看看。」

我偷偷地瞥了昭紀一眼，只見他眼角流露同情的表情，心照不宣地表示「我們都不容易呢」。我心領神會地朝他聳聳肩，走出庭院。再待下去，多美可能要我幫忙挖洞了。

「拜託你了。」

蟬聲唧唧，背後傳來未亡人潑辣中帶著煩惱的音色。

傍晚，我走到麥卡托掛著偌大招牌的事務所，向他說了這件事。儘管千百個不情願也無可奈何。冷氣開得很強的辦公室裡，麥卡托坐在皮革扶手椅上，指尖轉動絲質禮帽，饒富興味地問我：

「我該向你道謝，感謝你告訴我這麼一件無聊透頂的事嗎。」

「總之，我完成她的託付了。」

感覺責任已了，心情稍微爽快了點。

「你當然不會接受委託吧。」我窺探他的臉色說。

「那當然。」麥卡托點點頭。「不過，你居然來找我幫這種忙，你果然是隻糊塗蟲呢。還是你也被未亡人的女人香迷住了。」

如我所料，他果然嗤之以鼻地笑了。所以我才不想蹚這趟渾水嘛。麥卡托還繼續打落水狗：

「不過，依你的個性，光是用發嗲的聲音向你撒個嬌，你大概就沒法拒絕了。」

「我也是迫於無奈。」

我想爲自己辯白，但終究還是放棄，默默地承受屈辱。對這種不知鄰里關係爲何物的傢伙解釋再多，他也無法理解那種抬頭不見低頭見的拘束感吧。沒辦法，總之我的任務已經完成了，這樣就好了。

2

那天晚上，麥卡托在剛過十二點的時候來到我家。明明傍晚才一起吃過飯。

「喲，好久不見了。」

他打著莫名其妙的招呼，大搖大擺地走進來。

「你怎麼這個時間來，有什麼事嗎？」

他知不知道現在幾點啦。我停滯了好一段時間的文思好不容易才又開始湧現說。

但麥卡托才不在乎我的感受，板著一張臉走進亂七八糟的房間，用手杖拄著地板說：

「你的房間還是這麼髒亂，算了，幸好我也沒有要久留的意思。」

「那你到底來做什麼？」

我手忙腳亂地收拾散落一地的書和報紙，難掩煩躁地質問他。

「來帶你出門啊。」

麥卡托大言不慚地說，完全不管我要不要出門。那是不由分說的命令語氣。卽使讓他看我原稿正寫到一半的電腦螢幕，他也不爲所動。

「快點換衣服。你有手電筒吧。」

麥卡托用手杖敲擊牆壁催我。

「去哪裡？」

「這還用說嗎。當然是去找那個名叫多美的未亡人啊。」

意想不到的回答令我大吃一驚。我還以爲那件事已經結束了。

「你願意接受她的委託嗎？」

「對呀。」

麥卡托一臉理所當然地點點頭，與傍晚判若兩人。這是吹什麼風來著。知道多美是有錢人，想要大撈一筆嗎？

「不過我勸你對報酬不要有太高的期待比較好喔。」

我把醜話說在前頭，麥卡托只是不屑地一笑。

「無所謂，因爲接下來會很有趣。」

瞧他笑得一肚子壞水。這傢伙平常就很古怪了，今晚的情緒更是高亢到令人頭皮發麻的地步。

「但是已經過了十二點，這種時間不好上門打擾吧。」

「我又沒有要去找未亡人。我們是要潛入庭院。」

「潛入庭院！爲什麼？」

「跟我來就知道了。」

他露出意味深長的表情，我也只能迫於無奈地跟上去。雖然還是半信半疑，但過去的經驗告訴我，麥卡托每次不按牌理出牌時一定有他的用意。

不確定這個舉動對我而言是吉是凶——通常是凶——但總是按捺不住好奇心的驅使。我從抽屜裡拿出手電筒，並未關掉電腦，直接跟在麥卡托後面。

外面是沒有月亮的夜晚。如同連續二十天的熱帶夜氣象報告，即使夜已深，氣溫也沒有下降，偶爾拂過臉頰的晚風有如煮好了忘記吃的蕎麥麵，不冷不熱的。因爲是住宅區，這個時間幾乎已經萬籟俱寂，周圍鴉雀無聲。

約莫一年前，有段時間經常有人縱火，所以町內會派人輪流拍打木板巡邏，抓到犯人——一個聲稱想看自己單戀的消防員拚命滅火的樣子、跟賣菜阿七[2]差不多的女人——後，大概半年前起就不再巡邏了。

因爲沒有月亮，庭院附近一片漆黑。路燈數量太少，所以距離拉得很遠，照不到庭院。未亡人的家就在後面，石造門柱亮著一盞昏黃的孤燈，但家裡跟左右鄰居一樣漆黑而安靜。

庭院周圍沒有圍牆，只有兩公尺左右的樹籬，就像我白天幹的那樣，從縫隙可以很輕易地鑽進去，確實很容易被小偷盯上。之所以直到前天晚上都能沒事，大概是多虧了優秀的琢磨幫忙守門吧。從這個角度來說，未亡人的擔憂雖然有些小題大作，但也不全然是無的放矢。

我小心不要發出撥開樹葉的聲音穿過樹籬。麥卡托卻怡然自得地揮舞著手杖前進，與躡手

2 八百屋於七是日本江戶時期的少女，因家裡遭受火災波及而住進寺廟，迷戀上一名小姓。新居落成後她萌生「只要再次發生火災便能相見」的念頭，故於家中縱火，最後被捕判處死刑。

躡腳，活像個小偷的我形成強烈的對比。

「為什麼要做這種事？」

明知問了他也不會解釋清楚，但我還是忍不住追問。萬一被誰看見了，那可真是跳到黃河也洗不清。幸好沒有月亮，但天曉得會不會有喝到三更半夜才回家的上班族經過。要是因此傳出奇怪的謠言，那我就非得搬家不可了。而且還是在截稿日迫在眉睫，忙得要死的時候搬家。

然而，該說是如我所料嗎，麥卡托依舊沒有要回答的樣子。他用手杖指著前方：「那是狗的墳墓嗎？」沒有打開手電筒。眼睛已經習慣了黑暗，白天昭紀為豖磨挖的洞在夜色中映入眼簾。因為才剛埋進去，土還高高隆起。等肉和內臟都腐蝕，只剩下骨頭，大概就會跟旁邊智的墓一樣，稍微凹進去一點吧。

見我點頭，麥卡托坐在銀木犀的草叢裡：「那就在這邊等吧。」我只好跟著蹲下。每當我想問點什麼，麥卡托就示意我稍安勿躁。只能繼續默默地等待。他這麼做究竟有何用意，儘管我已經認識他很久了，還是無法不感到疑惑。

過程中，蚊子開始叮咬我的臉和手。好癢。但就算我想打死蚊子或趕走蚊子，麥卡托依舊示意要我安靜。往旁邊一看，麥卡托正戴著耳機聽音樂，好整以暇地等待。似乎完全不把蚊蟲放在心上。

「你不怕蚊子嗎？」

爲什麼只咬我。我覺得很不合理，低聲問他。

「你沒擦防蚊液嗎？」

麥卡托看笑話地說。

「這不是廢話嗎，我又不知道要來這裡。」

麥卡托又示意我閉嘴。氣死我了，他到底在等什麼。未亡人說的殺人犯嗎？雖然我實在不覺得徹會這麼做。

我一面擔心會不會得日本腦炎，一面耐著性子繼續等待。

約莫過了兩個小時。耳邊傳來安靜停車的細微聲響，有人緩緩地撥開樹籬走進來。爲了不打破寧靜，他幾乎花了一倍以上的時間才鑽過圍籬，這種掩人耳目的舉動明顯可疑得很。難不成未亡人的疑懼並非杞人憂天。

人影提著一大袋行李。不，說是拖著一大袋行李還比較正確。那袋子幾乎是高爾夫球袋的兩倍——甚至想不出買這麼大的袋子要做什麼——重若千斤地在地上拖著。

我差點就要站起來，是麥卡托按住我的肩膀，制止了我。似乎要我再等一下。

花時間慢慢入侵庭院的盜賊並未走向房屋，而是筆直地前往庭院角落。來人穿了一身黑。夜色暗得看不清長相，只知道身形矮小，從棒球帽裡露出來的頭髮是鬈髮。

眞的是徹嗎……是不是鬈髮姑且不論，徹的個頭也很嬌小，身材細瘦。不管是不是徹，這個人到底想做什麼。

我捏著一把冷汗，靜靜觀察。

沒多久，盜賊拖著沉重的袋子走到琢磨的墓前，似是要小憩片刻地喘了一口大氣。

「呼……」的一聲夾雜著蚊子的振翅聲，就連我們這邊也聽得一淸二楚。

他來琢磨的墓做什麼？我望向麥卡托，但他只是直勾勾地盯著盜賊看，一動也不動。

休息片刻後，盜賊拿起插在袋子旁邊的鏟子，安靜地開始挖開琢磨的墳墓。耳邊傳來土被挖開的細微沙沙聲。

「問題來了。你猜這個人到底想做什麼？」

麥卡托以不仔細聽幾乎聽不見的音量在我耳邊低喃。

「做什麼？」

根本不用他問我，我從剛才就在思考這個問題了。但我腦中一片空白。

「難道是愛狗成癡的人要把琢磨做成標本嗎？」

好不容易擠出答案，麥卡托誇張地聳肩。

「很有趣的答案。但如果是那樣的話，沒有必要帶著那麼重的袋子，我也沒必要特地跑這一趟。再說了，琢磨是那麼有價値的狗嗎？」

「不，是很普通的秋田犬。」

要是有什麼顯赫的血統，那個未亡人不可能不拿來說嘴。

「還是偷寶石的強盜眼看著快要被警察抓了，情急之下讓琢磨把寶石吃掉。」

「好像在哪裡聽過這個故事，但這也無法說明爲什麼要帶那個沉甸甸的袋子。而且秋田犬很聰明，才不會吃寶石，要是對方硬逼牠吃，牠反而會大聲吠叫吧。如果是這樣的話，犯人大可在殺了牠的同時就直接把屍體帶走。」

麥卡托的音量雖小，但語氣非常瞧不起人。我也不相信自己說的是正確解答，但被他批評得體無完膚還是令人很不爽，於是我放棄思考：「我不知道啦。」果不其然，麥卡托露出滿意的微笑。

這段期間，盜賊仍鍥而不捨地挖墳。安靜地，仔細地。夜裡應該提心弔膽到睡不著的未亡人，如今也沉入睡夢中，對這一切渾然未覺。

「差不多了。」

麥卡托站起來，打開手電筒。突如其來的光線把盜賊嚇了一大跳，失手放掉手中的鏟子。在由四顆乾電池形成審判的光束下無所遁形的人並不是徹，而是個素未謀面的年輕女子。穿著一身黑的女人用手遮住臉，背過身去，拔腿就想逃跑。

「請留步，八尾聰子女士。妳逃也沒用喔，因爲我知道妳長什麼樣子。」

嚴厲的語氣令盜賊停下腳步。不只盜賊，連我也大吃一驚。我記得徹的妻子就叫作八尾聰子。

「你倒是說說，我做了什麼。」

名字被知道的盜賊──聰子乾脆撕破臉，破罐子破摔地回頭質問麥卡托。

「私闖民宅，還有殺人、棄屍。」

麥卡托用手杖戳了戳大袋子。

「棄屍！」

我失聲驚呼。忘了這是在深夜中的祕密行動。

「沒錯。你可以打開來看看。」

我手足無措，但仍小心翼翼地拉開黑色袋子的拉鍊。伴隨著嘶啞的「嘰嘰……」聲，拉開大約三十公分時，裡頭露出一張面色如土的臉，是八尾徹。

「這是怎麼回事？」

我茫然不解地望著一身黑的聰子和麥卡托。

「你不覺得大型狗的墳墓用來掩埋人類的屍體再適合不過了嗎？只要先毒死狗，未亡人一定會把屍體埋在庭院裡。跟上次那隻狗一樣。確定墓造好後，再動手殺人，把屍體埋在這裡。正確地說是跟狗的屍體掉包。要挖出可以埋一個人的洞可不是一件容易的事，但是剛埋好的土還很軟，就連女人也能比較不費力地挖開。」

麥卡托接著說，對聰子投以挑釁的視線。原來是聰子設計讓多美——其實是昭紀幫她挖好墓穴。

「再過一陣子當然會開始散發出屍臭味。不管是自殺還他殺，大部分的屍體都會因此被發現，但未亡人只會覺得那是狗的屍體腐爛的臭味，不會放在心上。鄰居也是。而且如果徹失蹤的事曝光，這位未亡人當然也是嫌犯之一。警方肯定會對最近剛埋狗屍一事產生疑問，挖開來看就會發現裡面埋的不是狗，而是徹的屍體。就算誰沒也想到這點，只要假裝成附近的居民，向警察檢舉那股臭味或許不是狗，而是徹的屍臭味就行了。一旦發現屍體，未亡人就會依殺害徹的嫌疑被警方帶走。這麼一來，這個原本還處於灰色地帶的女人就會變得潔白無暇。因爲有了代罪羔羊，這可是最安全的犯罪呢。以上就是這件事的全貌。」

「可是，你怎麼知道是我？」

原本默默聽著麥卡托發表高見的聰子，不服輸地以歇斯底里的聲音反問。

「因爲我推理出徹遇害了。如果說多美有可能殺死什麼人，就只有他了。那兇手自然是他身邊的人，於是我弄到幾張照片。當然，我認爲妳的嫌疑最大。」

「你怎麼知道她會在今晚出現？」

我好不容易理清思緒，問道。

「因爲土要是乾了，就會發現翻過的痕跡，所以我猜犯人只有今晚能動手。而且還得把狗的屍體帶回去，天氣這麼炎熱，要是變成腐爛的屍體也很受不了吧。總之分秒必爭。」

「那，動機呢？」

「這個直接問她比較快吧。」

麥卡托面向聰子要她說。聰子不願鬆口地繃緊臉部的肌肉，好一會兒才幽幽地說：

「還以爲能得到土地，誰知這傢伙居然說他不需要那種東西，都是他不好。」

「妳以爲徹死了，未亡人再被警方逮捕，財產就全都是妳的嗎？還是妳給徹投保了高額的壽險？」

只見聰子以厲鬼般的眼神瞪著麥卡托，看來兩者皆是。聰子丟下一句「你給我記住」就衝向門口，留下屍體與鏟子。沒多久又聽見發動引擎的聲音，輪胎與地面發出足以吵醒左右鄰居的摩擦聲，絕塵而去。

「不用追上去嗎？」

有些馬力不足的引擎聲漸漸走遠，麥卡托仍老神在在地站在原地不動。四周再次歸於寂靜，又恢復成原本閑靜的住宅區。

「已經知道兇手是誰了，逮捕犯人是警察的工作，我沒打算幫到那個份上。」

「可是她要你給她記住耶。說不定會潛伏在哪裡伺機報仇喔。女人的執念是很可怕的。」

就連這種威脅對他來說也只是有如輕風過隙，麥卡托看著我，居心叵測地笑了。

「是你要小心。住在這一帶的是你，可不是我。」

他說的一點也沒錯，我不禁寒毛倒豎。悶熱的夜風就像冰塊一樣滑過我的背。那個女人的計畫如此大膽，說不定也能逃過法律的制裁。然後……。

「不過你也不必那麼擔心。萬一你死了，我至少會給你上一炷香。還是你要兩炷香？」

這個嬉皮笑臉的傢伙眞是太討厭了。我想還以一點顏色，試探性地問他：

「不過今天究竟是什麼風把你吹來了，居然會免費幫忙。看樣子最近顯然沒什麼有趣的案子。還是你又在打什麼壞主意了。」

「沒什麼。殺人是一回事，但爲了殺人先殺狗就有點惹毛我了。別看我這樣，我可是動物保護協會的會員。」

麥卡托一手拿著絲質禮帽，臉不紅、氣不喘地撒謊。我才不信他有任何愛護動物的精神呢。他可是那個麥卡托，背後必定有什麼如意算盤。

爲了報他害我被蚊子咬的仇，我一定要搞清楚他在打什麼算盤，並加以破壞……我仰望天空，對著沒有月亮的夏日夜空發誓。

＊

在那之後又過了兩個月。總自脫離了酷暑的淫威，迎來颱風接連而至的秋天。一直沒有聽到聰子被捕的消息。我抱著無語問蒼天的心情，每天過得戰戰兢兢。

最可恨的是，我至今尚未得知麥卡托在那個案子裡究竟得到什麼好處。

討厭週三和週五

水曜日と金曜日が嫌い

火精靈，沙羅曼達燃燒吧。
水精靈，溫蒂妮蛇行吧。
風精靈，西爾芙消失吧。
土精靈，狗頭人精進吧。

1

狂亂的海浪聲從腳邊傳來。大海顯然想把掙扎上岸的我再拖回去。山上颳來的寒風吹得樹葉沙沙作響，彷彿用手指抓住耳朵，想直接把耳朵拉到頭頂上。用不了多久，我大概會被海與山充滿惡意的竊竊私語撕成上下兩半吧。

或許這樣也好……我嘆了一口氣，拖著沉重的腳步順著凹凸不平的小徑足不點地地往下走。要是能立刻逃離這股塗滿了疲勞與惡寒的孤獨，或許這樣也好。

距離太陽下山還有一點時間，但是拜厚厚的雲層及左右林立的茂密樹木所賜，簡直像是走在一條永無止盡的陰暗溝渠裡。若非海浪聲源源不絕於耳，大概會懷疑這裡根本不是海邊，而是青木原的樹海吧[1]。不，這種驚心動魄的海浪聲也可能是什麼不好的精靈，或是我的願望造

1　富士山腳下的樹林，因為有很多人在此自殺，又稱自殺森林。

成的幻聽。視線突然明朗，但也高興不到一下子就再次被三百六十度的深山包圍，剛才還能聽見的海浪聲也戛然而止……眞是場惡夢。

唯一的救贖大概是平緩的下坡。因爲是山路，多少有些高低起伏，但基本上都是下坡路。從起點來思考，只要沒往上爬，就不會闖入深山，也不會聽見鹿的叫聲才對。

可是……我緊緊地拉住外套的衣領，用冷到暈眩的腦袋努力回想。聽說登山時萬一迷路，千萬不要沿著水源往下走，只要往山頂上爬就不會遇難。因爲沿著水源走通常會走到瀑布，無法繼續往下游前進。萬一我以爲是海浪聲的聲音其實是石頭掉落瀑布的聲音，這條沒有鋪水泥，但清晰可見的小徑突然被藤蔓或灌木覆蓋……。

我心中充滿恐懼，但已經走了快一個小時，事到如今也不能再回頭了。總之只能硬著頭皮前進。要是當時別讓手機掉到水裡……我滿腦子都是後悔的念頭。

距離現在兩個小時前，我因爲公事抵達位在突出於海面上的半山腰某個修驗道[2]的古寺。因爲是一百二十年一度的開龕門，我輾轉搭乘特急或巴士，舟車勞頓地來到遙遠的石見。

當高達三公尺，有如梅菲斯特[3]般充滿了西洋邪惡風情的佛像映入眼簾時，還以爲只要跟

---

2 日本自古以來的山岳信仰加入佛教或道教的要素，混合成獨特的宗教信仰。

3 在浮士德傳說及相關文學作品中登場的惡魔。

著這傢伙，自己也能變成浮士德，不禁有些飄飄然，現在回想起來，這或許也是一種傲慢。因爲出現在希臘神話裡的國王或英雄們也是在他們自以爲勝過神明，不可一世的時候受到神明降下的懲罰。

離開時，我發現手水舍[4]的水是從金屬打造的手長腳長[5]嘴裡流出來的。有人說手長腳長是神仙，也有人說是妖怪，但令我驚訝的是手長腳長竟然與修驗道有關，正想用手機拍下這種結合了嚴肅與滑稽的畫面時，手機突然響起舒伯特的〈魔王〉旋律。是麥卡托打來的。我內心一驚，手一滑，手機就這麼沒入水盤裡。我連忙撈起來，但一切皆已太遲，手機已經變成由積體電路與防撞玻璃構成的物體了。

正所謂禍不單行，我垂頭喪氣地走向公車站，剛好最後一班公車揚起塵土，從我面前呼嘯而過。我不僅把發車時間記錯了十分鐘，還因爲手機故障，無法再次確認時間。但比起手機陣亡，這只是小事一樁。天還很亮，只要往下走五公里，接到大馬路，應該就有別條線的公車可搭。只要能搭到車站，就能轉乘電車回到海邊的旅館。只要回到旅館，就能泡溫泉，享用鯛魚與比目魚的生魚片大餐。

4 蓋在日本神社或寺廟前的涼亭設有石造洗手槽，供參拜者洗手漱口之用。
5 手長腳長是流傳於日本各地的巨人傳說。

然而，已經過了兩個小時，如今我依然置身於吹著寒風的山林正中央。嘴唇都泛白了……。指尖也冷到發抖，明明才十一月底。原來日頭開始西斜的山坳裡這麼冷啊，我算是親身體會到了。得記取這個教訓，平安無事地活到明天才行。

最後也最大的失算莫過於走膩九彎十八拐的山路，天眞地以爲說不定有捷徑可走而選了旁邊的岔路。若不是打從眼前竄過的黑色兔子躲在小徑裡，我也不會發現這條路，唉……。

起初小徑的坡度比鋪設好的道路還陡，我還以爲自己選對了方向，心中竊喜，但是過沒多久，小徑就變得平坦，不僅如此，還在與道路反方向的地方開始勾勒起平緩的曲線。從此以後，整整一個小時，再也沒接上鋪設好的路。

就連起初爲我壯膽的海浪聲一路聽下來也成了對耳朵的酷刑。因此偶爾聽見海鳥如泣如訴的啼聲反而讓我莫名其妙地感到安心。

若想折回原來的路，得花一個小時才能回到原本九彎十八拐的那條路，再花一個小時才能從九彎十八拐的路回到大馬路，到時候還有沒有公車實在很難說。即使想確認，重要的手機已經變成化石。不僅如此，連GPS也不能用，所以我連自己身在何處都不淸楚。

手機、手機、手機！

這就是凡事依賴手機的下場嗎！

這就是文明的利器嗎，這就是科學的進步嗎，光是掉到水裡就報廢的東西算什麼科學！

要是能平安回去，我決定從今以後都用鋼筆寫稿。

在我下定決心的同時，颳過一陣更強勁的海風，耳邊再次傳來海鳥的叫聲。我縮著肩膀，臼齒抖個不停，如釋重負地鬆了一口氣。

我立刻明白那是眞的如釋重負。因爲海鳥叫聲傳來的方向矗立著一棟雄偉的白牆洋房。背後是厚厚的烏雲，浮現出一棟三層樓的建築物剪影，正中央有一座突出的望樓。高度大概有二十公尺。

牆壁是白色的大理石，屋頂由本瓦砌成，前端鬼瓦的位置有幾隻鴟尾[6]的尾巴高高地往天空翹起。相較於平常看到的洋房融入了更多日式的元素，呈現出一種非常奇妙的風格。

不像一般洋房那樣正面呈長條蛋糕狀往左右兩邊延伸，這棟洋房有如要保護屹立於中央的望樓，四面圍了一圈帶屋頂的房間。或許也因爲這樣，明明是相當巨大的建築物，在固若金湯的同時卻突顯出侷促感。與其說是洋房，更像是西洋與日本的城寨混合而成的建築物。

由於長滿一整路的樹木只在這棟建築物周圍修剪得十分有型，矗立在夕陽餘暉裡的白牆洋房該說是充滿幻想的氛圍嗎，只覺得看起來一點也不眞實。說不定是我窮途末路的心倒映出來

6　安裝在瓦葺屋頂大梁兩端的裝飾品。

的幻覺。

面向正前方的窗戶全都拉上白色的窗簾。貌似沒有任何一個房間開燈，唯有望樓燈火通明。

有人……。

我忍不住衝上前去，眼前是無情緊閉的鐵門，一根根的欄杆有如刺向天空的長矛。

我應該明知沒有禮貌仍出聲大喊嗎，還是……。

門前的路雖然老舊，但鋪設得很完善，往與我來時的路反方向延伸。也就是說，只要沿著這條路往下走，很可能就能走到有人煙的地方。話雖如此，不知道要花多少時間，而且一個搞不好可能繞了一圈又跑到與我要去的街道完全反方向的地方。走在沒有公車的路上，萬一走著走著昏倒了，山陰[7]的夜寒涼如水，無疑只有死路一條。

就算這麼做很沒有常識，也只能向這戶人家求助了。問題是這麼廣大的腹地，屋裡的人能聽見我疲憊的聲音嗎？滔天的海浪聲、風吹過樹梢的聲音、直到剛才還有如福音般悅耳的海鳥叫聲，我的聲音不會被這些聲音蓋過嗎？就在內心充滿不安，仍想奮力一搏時，發現角落的門柱安裝了對講機。視野太狹窄了，居然連這個也沒注意到。

我重新打起精神，按下對講機，對講機裡傳來夾雜著輕微噪音的女性嗓音。按鈕上方有個

7 日本西部面向日本海的地區。

鏡頭，所以對方應該能看到我的樣子。我努力對著鏡頭，在緊繃的臉上擠出笑容，向對方說明我遇到的困境。

「……請稍等。」

不知對方到底聽見了沒。虛應故事的冷淡回答令我感到不安，但仍抓緊門柱，不一會兒，玄關裡的燈亮了，開門的細微聲響乘著晚風傳入我的耳朵。那是希望的聲音。就像阿里阿德涅給忒修斯帶進牛頭人身的怪物米諾陶洛斯的迷宮裡那個線團。

得救了……。

或許是因爲放下心中的大石，我膝蓋一軟，整個人癱坐在地上。

回過神來，我正浸泡在露天浴池裡。

*

這就是所謂的桃花源嗎？

水蒸氣滋潤了我的臉頰，白色渾濁的泉水溫暖著體內最深處。頭上頂著毛巾，我舒服地仰望天空。

從水蒸氣的間隙看到的雲還很白，表示距離黃昏還有一段時間。現在大概是四點吧。因爲海風的關係，從露天浴池湧出的水蒸氣靜靜地往山手的方向流淌。

這裡若是男女混浴，說不定會從頭上厚厚的烏雲縫隙射來一道光，穿著霓裳羽衣的天女翩然降落。

可惜這裡並非混浴，我想得太美了。然而光是現在能泡在溫泉裡，就已經太幸運了。

不過才短短十幾分鐘前，我絕望得彷彿下一秒就是世界末日。幸好在最後的最後一刻，通往未來的門開了。

從洋房裡出現的救世主是穿著黑白相間圍裙的女僕。

年約三十出頭，個頭嬌小，臉型圓潤，但是不顯稚氣，散發出沉穩的氣質。長得很漂亮，但或許是因為五官比較日式，總覺得女僕裝不太適合她。黑髮梳成一個髻，戴著白色的帽子。

「請問有什麼事嗎？」

清冷而悅耳的音質略顯淡漠。

我結結巴巴地對出來應門的女僕說明了來龍去脈。比起我說的話，有如破爛抹布般的德性或許更具有說服力。

女僕露出有如從軍護士的溫柔笑容，親切地扶我起來，將我扶進房間裡。

我向她道謝，同時告訴她我快冷死了，於是她帶我穿過長廊，來到這個露天浴池。

整個過程不到十分鐘，但我只記得宛如走馬燈的零碎片段。就像心不在焉地驅車在夜路上，不知不覺間回到了家，但一路上竟然都乖乖遵守交通規則，只有像這樣非常模糊的記憶。

就算指著我的鼻子說我被外星人綁架了，感覺自己也無法強力反駁。

實際上，溫泉的誘惑太大了，我甚至沒印象自己是否等到女僕確實退下了才開始脫衣服。

總之讓溫泉暖和了身體、撫平了疲勞後，才慢慢地察覺這次真是太幸運了。

該不會被狐狸整了吧。

我甚至開始感到不安，說不定隔天早上一覺醒來，就像傳說那樣，一絲不掛地躺在一堆樹葉裡，周圍一片空曠，當然也沒有洋房的影子。我有自信不被狸貓騙，但如果對手是狐狸的話，我就沒把握了。

我忍不住四下張望。

露天溫泉大得跟街上的澡堂一樣，三邊由竹籬隔開。剩下的一邊從門對面、供人脫衣服的建築物那邊有很大的屋頂延伸過來，覆蓋了洗澡的地方及三分之一的浴池，看來即使下雨也能泡湯。

由石頭砌成的浴池到處長滿了湯之花[8]。我伸手摘下一朵，摸起來滑滑的，瀰漫著硫磺的氣味，可見這確實不是一場夢，我不禁鬆了一口氣。

8 由礦物質形成的沉澱物。

圍著浴池的三面竹籬中，其中兩面高度約兩公尺，正中央那面約一公尺左右，目前隔著正中央的竹籬只能看見烏雲密布的天空。海浪聲感覺很近，對面大概是海洋吧。

另一方面，左側的竹籬後面好像是女用浴池，似乎有人正在入浴，隱約傳來潑水聲。接著是「嘩啦」一聲進入浴池，令人想入非非的聲音。

雖然沒能前往預訂好的溫泉旅館，但感覺這樣反而賺到了。我記得旅館非但沒有露天溫泉，大概也不像現在這樣能獨占一整個浴池吧。

不多時，門板上的毛玻璃倒映出一道人影，女僕的聲音隔著玻璃傳來。

「客倌，我幫您把換洗的衣服拿過來了，放在籃子裡。」

「啊，謝謝妳。」

我向她道謝，再次把肩膀以下的身體浸泡在浴池裡。

眞的……非常幸運。

我已經呢喃、感受、感謝了幾次呢？都是因爲內心充滿謝意，我甚至有點暈頭轉向了。

換上放在籃子裡的全黑睡袍，我抓著扶手穿過長廊，回到洋房。剛才那位女僕正在後面的廚房做飯，我再次向她表示感激之意。

「謝謝妳，好舒服的溫泉，眞的救了我一命。」

「您能打起精神來，眞是太好了。您穿來的衣服正在洗，乾了以後就還給您。」

她的聲音和表情都很冷漠，絕對稱不上親切，但似乎很優秀，所以給人一股可以放心的信賴感。

「居然還幫我洗了衣服！眞的非常過意不去。」

「別放在心上。明天本來就有幾組客人要來，所以只是順便。」

「……這裡該不會是飯店吧？」

一想到這裡可能是度假村的高級飯店，我可急壞了。萬一她以爲我是來投宿的客人……。住一晚要多少錢呢？我不禁想檢查錢包裡還有多少錢。

女僕見狀，立刻回答：「不是的，別擔心。」還露出瞭然於心的微笑。「這裡是大栗博士的家，不是飯店。」

＊

我輕鬆地坐在露台的椅子上。回想稍早之前的境遇，現在居然能在這麼優雅的地方吹風，簡直跟做夢一樣。原本幾乎要讓身體凍結的海風如今也變得好舒服。我不由得苦笑自己的現實。也罷，就算只是黃粱一夢，現在也只要享樂就好。

太陽下山得有點早，因爲是陰天，有如糖果融化的咖啡色陽光也極爲朦朧。

大栗家蓋在壁立千仞的懸崖上。包括露天溫泉在內，海浪聲及海鳥的叫聲都從遠比眼前一望無際的草坪庭園更低的地方傳來。庭園的邊緣設置著白色的柵欄，再過去恐怕就是斷崖了。不同於用竹籬隔起來的露天溫泉，站在露台上可以看到水平線。巨浪滔天，呈現出與冬天的日本海迥然不同的荒涼風情。

這棟洋房的主人是聲名遠播的腦外科醫生，以前似乎是大栗會大栗醫院的院長兼會長。大栗會在中國地方[9]擁有超過二十家醫院，是歷史悠久的大集團，自戰前即與財政界建立起相當深厚的關係。然而大栗博士卻在三十五年前把經營權讓給親戚，帶著四名孤兒搬到這棟大栗宅。

大栗博士一生未婚，沒有兄弟姊妹，父母亦已不在人世，因此這棟宅邸只有大栗博士和四名孤兒、五個佣人同住，加起來多達十人。但是相比於豪宅的規模，還是顯得人丁稀疏。大栗博士爲什麼要與孤兒們搬來這裡過著遺世獨立的生活呢，包括那些孤兒在內，誰也不曉得箇中緣由。這些成爲博士養子的孤兒們都是從各個不同的設施領回來收養。

博士曾經請專業老師教孩子們樂器。兩人學小提琴、一人學中提琴、一人學大提琴。大概是一開始就分配好了。大栗博士很喜歡在露台上聽他們演奏，偶爾也會要他們表演給來訪的客

9 日本本州的西部地區，範圍包括現在的鳥取縣、島根縣、岡山縣、廣島縣、山口縣。

人看，但絕不讓他們在大栗宅以外的地方演奏。因此他們不知道什麼時候被冠上了「足不出戶的四重奏樂團」的封號。

如此神祕的四重奏樂團突然在十年前離開這棟宅邸。大栗博士給他們一大筆錢，要他們自立門戶。由於小時候接受過專業人士的職業培訓，他們自立門戶後依舊能過著錦衣玉食的生活，反而要感謝爲自己安排了這一切的博士。因此自立門戶後，每當季節嬗遞，四重奏樂團都會回到這裡，繼續足不出戶的演奏。

大栗博士也解雇了原本的佣人，找來新的女僕（也就是救我一命的那個女僕），兩人獨自住在這棟房子裡。

然後是距離現在兩年前，大栗博士因爲心臟病發作去世。不僅告別式當時，每年博士的忌日，四重奏樂團都會在前來弔唁的賓客面前進行足不出戶的演奏。這好像是博士生前的心願。巧的是後天就是博士的忌日，因此四重奏樂團的孩子們從昨天就回到這裡。

根據大栗博士的遺言，除了這棟房子和維護房子所需的資金外，龐大的資產將於五年後由四人平分。目前這棟房子還是跟以前一樣，由女僕負責維護。

我心不在焉地望著大海，頭上傳來小提琴的音色。耳熟能詳的旋律連我也聽過，卻想不起曲名。演奏到一個段落後，稍停片刻，才又重新開始，因此應該不是放唱片，而是眞的有人在練習。想必是足不出戶的四重奏樂團成員在拉琴吧。旋律本身很美，卻有點不安定的感覺，大概是因爲加上了彈性處理的速度感，且沒有鋼琴伴奏吧。

小提琴悠揚婉轉的滑音有如溫柔甜美的搖籃曲，讓人直想打瞌睡。不知不覺就連驚心動魄的海浪聲聽起來都像爲其補上欠缺的伴奏，發展成別有一番風味的二重奏。

這是與泡溫泉時截然不同的享樂。費盡千辛萬苦才來到這裡，感覺像是做了一場夢。正當我把身體靠在扶手上，就快沉沉睡去時，旁邊傳來「卡嚓」一聲。

接著有個身材頎長的人物從洋房裡現身。來人穿著黑色長袍，披著黑色斗篷，就連緊緊包著腦袋的頭巾都是黑色，從頭到腳一身黑的打扮有如中世紀的鍊金術師。

庭園的對面是壁立千仞的懸崖，只有一處突出於海面上的岬角，岬角前端有一間灰色的木造小屋，離洋房約五十公尺。屋頂是單坡式的木板屋頂，只有前面的山牆有一扇簡陋的門。以茅廁或貯藏室來說，立地未免也太奇妙了。只見那個人踩著慢條斯理的腳步走向那間小屋。

走到小屋前，以同樣慢條斯理的動作靜靜地推開小屋的門，走進去。

換作是平常的我，應該會覺得很不對勁，因此提高警覺，然而這棟與眾不同的洋房、時代錯置的女僕、「足不出戶的四重奏樂團」這種誇大其詞的命名或許都麻痺了我的感覺。我反而面帶微笑地感覺鍊金術師簡直太適合這棟古色古香的洋房了，視線再次回到海面上。小提琴的音色已經消失了。

只不過，我的潛意識顯然還是覺得不太自然，儘管仍然心不在焉地望著大海，但小屋也隱約浮現在視線一隅。

大約過了五分鐘左右，一身黑的可疑人物推開門，走出小屋，回到洋房。跟去的時候不同，他的身體稍微往前屈，腳步也有點像小跑步。

當可疑人物消失在洋房裡，震天價響的海浪聲跟剛才一樣又開始騷擾耳膜，我再次感到不對勁。而且與剛才的不對勁是完全不一樣的感覺。

到底是什麼不對勁呢？

正當我百思不得其解時，手裡拿著茶壺的女僕問我：「您不冷嗎？」

「這風對泡完溫泉的身體剛剛好。」

憑良心說，其實已經有點冷了，我正要回屋，她就來了，但我還是逞強地說：

「不是說泡完溫泉再沖冷水可以鍛鍊身體嗎，兩者是同樣的道理。話說回來，那間小屋是做什麼用的？」

我若無其事地問道。

「那是乘涼小屋。」女僕回答。「是用來觀賞海鳥的場所。大栗博士在世時經常在那裡賞鳥，可以看到日本罕見的黑叉尾海燕喔。」

我對鳥類沒有研究，所以就算聽到黑叉尾海燕也毫無概念。話雖如此從她的口吻可以猜到是非常珍貴的鳥。

「四重奏樂團的人也會去嗎？」

「應該會吧。」女僕點頭。「那間小屋從他們還在這裡的時候就有了，所以他們來的時候也會去看。」

也就是說，那個人大概是四重奏樂團的人。鍊金術師的打扮說不定是表演的服裝。

「請問足不出戶的四重奏樂團演奏時會換上奇裝異服嗎？」

「不會，通常是西裝或禮服等常見的演奏會服裝。有什麼問題嗎？」

女僕詫異地看著我，說出極其自然的回答。

「……這個問題可能有點失禮，請問這個家裡有穿著黑色長袍和黑色斗篷、戴著黑色頭巾，活像中世紀鍊金術師的人嗎？」

「這個嘛……」

女僕突然臉色大變。莫非我問了什麼不該問的問題。

「抱歉，我沒有別的意思。因爲我剛才看到那個人進去那間小屋又出來，還以爲是足不出戶的四重奏樂團的穿衣品味。」

沒想到女僕的臉色更難看了。她柳眉往上挑，表情僵在臉上，姣好的美貌幾乎蕩然無存。

「您眞的看到了嗎？大栗博士生前最喜歡且經常做的打扮就是您形容的那樣。至於四重奏樂團的人……」

「順帶一問，大栗博士的個子很高嗎？」

我該不會見鬼了吧，但是爲了謹愼起見，我還是提出這個問題。

「不，身高跟您差不多，都是中等身材。可是爲什麼會有人打扮成那樣……」

紅茶從茶壺的壺口濺了一點出來，一向冷靜自持的女僕居然會如此狼狽。

「女僕小姐，」我一骨碌地站起來，握住她白皙細緻的手。「去乘涼小屋看看吧。我猜可能出事了。」

我終於明白剛才那股不對勁的感覺是什麼了。黑頭巾的人去程與回程的身高明顯不同！去的時候很高，但回來的時候有點縮水，變成中等身高。因爲庭園裡沒什麼可供比較的背景，未能及時發現。

「怎麼會，大栗博士他……」

女僕以看到鬼的眼神打量我。但我不是大栗博士，也不知道自己長得像不像大栗博士。我非常感謝她對我伸出援手，要是被當成鬼魂就太冤枉了。

我們從洋房的後門出去，循著與一身黑的可疑人物相同的路線前往乘涼小屋。原本還期待能看到腳印，可惜長得極好的草皮上什麼也沒留下。

女僕始終保持沉默，順從地跟在我背後。對她而言，一身黑的打扮大概是不吉利的象徵吧。

不同於在露台上看到的感覺，小屋的門意外地高，大約有兩公尺。也就是說，那個可疑人物（去程）的身高應該有一百九十公分左右。

我讓女僕留在門口，愼重地推開門，深深地吸了一口氣，走進去。

我沒有開燈，所以屋裡很陰暗。只有正面有一扇小窗，夕陽隱隱約約地從那裡透進來。

如同從外觀的推測，小屋的面積只有四張半的榻榻米左右。牆壁與天花板是灰色的木板，腳下是透出混凝土的水泥地。

室內空無一物，除了木頭圓板凳外，只有左手邊的牆壁釘了兩層木板。上層擺了幾片折疊的塑膠布。天花板有兩根裸露的日光燈管，沒有燈罩，且現在沒有開燈。

大概是因爲天花板太低，感覺比實際的空間還要侷促。我把手往上舉，掌心剛好可以貼著天花板。

既然知道有燈，下一步自然是望向門口附近，尋找開關。發現門邊有個抓住上下扳就能開關燈的古老開關，我把燈打開。

籠罩在暮色中的世界瞬間變得鮮明而立體。

「嗚哇！」

礙於女僕還在門外等著，我盡可能保持冷靜，但仍情不自禁驚呼。

果不其然，女僕推開門，探頭進來問：「怎麼了？」下一瞬間，女僕發出比我更大聲的尖叫。

因爲灰色的牆面濺滿一大片鮮血，一路噴到天花板，入口附近與後面的小窗旁邊這兩個地方的血跡特別明顯。正下方的地板還形成了一灘血窪。

「這個從以前就有了嗎？」

「……不，今天早上還沒有。」

女僕嚇得魂不附體，緊緊地抓住我的手臂，一再搖頭。她皮膚原本就很白了，如今更是慘白得有如擺在珠寶店櫥窗裡展示的假人。

血窪傳來陣陣充滿鐵質的腥臭味。

「這到底是怎麼回事……」

女僕喃喃自語，止不住的顫抖從兩條手臂傳到我身上。

「乘涼小屋只有這個房間嗎？」

「對。」

「沒有貯藏室嗎？」

「沒有。」

我向女僕再三確認。因爲小屋裡完全找不到血跡的主人。

取而代之的是我在牆壁第二層的架子底下發現了發光之物。拿起來一看，是一把不到三十公分的阿拉伯短彎刀。刀柄的部分也是金屬做的，施以植物花紋的細緻裝飾，突出來的刀刃部分沾滿了血跡。

我忍不住想拋開那把刀，但還是咬牙忍住了。身爲推理小說作家，怎麼可以因爲這樣就嚇得腿軟。更何況是當著美人女僕面前。

我假裝遊刃有餘地把短刀放在架子上，再次彎下腰來檢查。

短刀掉落的位置附近有張細細長長的長方形厚紙板。背面是白紙，我翻過來看。

上頭印著『風精靈，西爾芙消失吧』。

這大概是什麼歌詞吧。文字開頭還有中音譜號[10]。

「《浮士德》啊，眞傷腦筋。」

我忍不住喃喃自語。

「浮士德？」

女僕以疑問句的語氣反問，我決定先不管她。眼下沒有時間也沒有餘力向她解釋推理小說與《浮士德》的孽緣。

10 五線譜正中央的音符，又稱中央C。

「沒什麼，只是一種惡趣味。就像梅菲斯特那樣。」

我先簡單地一語帶過，走向小窗。

有血跡，有凶器，還有故弄懸虛的短箋，卻沒有最關鍵的屍體。沒錯，目前這個小屋裡最應該有的東西卻不存在。

我不認爲那個中等身材的可疑人物把屍體帶回洋房。因爲我再怎麼發呆也不可能沒發現。這麼一來，就只能從小窗扔出去了……。

小窗嵌著厚厚的玻璃，往上推就能看到外面。因此確實可以把屍體扔出去，但小窗位於胸口的高度，大小只有寬四十公分、高二十公分。如果只把頭伸出去當然沒問題，但是要塞進整個身體就不太可能了。

我旋開螺絲狀的鎖頭把窗戶往上推，窗戶設計成往外推開到九十度就能固定。我從窗口往外看，海浪聲從推開窗戶的那一刻起變得更加囂張，聽起來就像看4D電影時的環繞音效。

乘涼小屋蓋在貼著岬角尖端的位置，底下只有垂直的懸崖峭壁和海浪拍打著岩壁的漩渦。高度至少有二十公尺以上吧。令我想起學生時代造訪過的東尋坊[11]。要是從這裡摔下去，大概立刻就會被海浪捲走。

---

11 面向日本海的斷崖，是日本的自殺勝地。

浪濤間傳來海鳥的啼聲。聲音來自四面八方，時而從頭頂的正上方傳來。我不確定那是否就是黑叉尾海燕。總之這裡確實很適合觀察海鳥。

鳥鳴聲的布朗運動[12]在顱內進行著高頻的擴散反射，令我的三半規管飽受折磨。正當我想從小窗把腦袋縮回來的時候，腳下突然一滑，整個人往前傾，感覺眼前的海洋一口氣往前逼近了一大段。

會掉下去……。

我做好魂歸天外的心理準備，不由得閉上雙眼。

『你是白癡嗎。』

麥卡托含笑的聲音在腦海中迴盪。

然而墜落時特有的浮游感並未襲來，我提心弔膽地睜開雙眼，發現自己還在原來的高度。

「您沒事吧？」

女僕憂心忡忡的詢問從背後傳來。我慢慢地把頭從窗戶裡縮回來。

「妳說什麼？」

12 懸浮於液體或空氣中的粒子做的連續快速而不規則的隨機移動。

我努力裝傻。以這個窗戶的大小，人根本摔不出去。我果然很白癡。

「哎呀，風景眞美呀！感覺看上一個小時也不會膩呢，哈哈哈。」

我假裝什麼事也沒發生地拍掉睡袍上的灰塵。但睡袍洗得很乾淨，根本沒有灰塵。

「總之先回去吧。」

實在不忍心再繼續讓她留在這個血腥的小屋裡，身爲推理小說作家，我已經親臨過好幾次命案現場了，但她不是我，她只是女僕。這個刺激對她而言太強烈了。

「請告訴我，到底出了什麼事。」

我也想知道出了什麼事。但眼下只能勉強擠出笑容，先催促嚇壞的女僕離開小屋。

屍體消失到哪裡去了？不可能從窗戶扔出去，但也不可能帶走。

試想說不定根本沒有發生命案，那是可疑人物自己的血，但是從噴了兩面牆的血跡及血窪的量來看，不太可能是一個活人的血。更重要的是，回程的路上我仔細地觀察草坪，草地上沒有一絲血跡。

還有那張短箋上的文字。那是歌德的《浮士德》中梅菲斯特出現時，浮士德召喚四大精靈的知名咒語，令我在意的是數量。

閉門不出的四重奏樂團正停留在這棟洋房裡，四大精靈和四重奏樂團的人數都是四。這只是偶然的巧合嗎？

「可以請妳召集四重奏樂團的成員嗎？」

回到洋房的後門時，我拜託女僕。

「也對，得讓大家知道這件事才行。」

或許是回到屋子裡，有點平靜下來了，女僕的臉色不再鐵青，快步爬上二樓。

會客室所有的窗戶都鑲嵌著五顏六色的彩繪玻璃，中央有個巴洛克式的豪華壁爐架，我在會客室稍事休息時，三位中年男性出現在門口。

率先開口的是個棕色頭髮、中等身材的人物。

「到底發生了什麼事？」

來人銜著香菸問道。圓臉、皮膚白皙、眼珠子是藍色的，所以棕色頭髮或許也是天生的。

「出了什麼事？」

接著探出來臉的是個身高大概有一百九十公分的高大男子。肩膀很寬、胸膛也很厚實。四四方方的臉型以日本人來說過於深邃，卻又操著一口流利的關西腔，感覺很奇妙。

「話說回來，你是誰？」

高大的男人發現我，走過來問，他的距離近到口水都要噴到我臉上了，語氣嚴厲，瞇起眼睛，把臉湊近，居高臨下地看著我，看得我有些膽怯。

「我快要暈倒在路邊時，承蒙剛才那位女僕相救。」

「倒在路邊？」

或許誤以為我是流浪漢，原本就小的眼睛瞇得更細了，目光如炬地上下打量我。

「別誤會，我的職業是推理小說作家。」

我想給他名片，這才想起皮包放在露台上。

「哦，你是推理小說家啊。」

感覺自報家門後，對方的眼神反而更添了幾分猜疑。

「那豈不是滿腦子都在想著要怎麼殺人嗎。」

看來就算給他名片也沒有意義。我早已習慣這種偏見了。

「你是推理小說家啊。」

另一方面，棕色頭髮的男人充滿好奇心地閃爍著藍眼睛追問：

「是不是留了一手最厲害的大招，等著殺死自己討厭的傢伙用？」

見我窮於回答，看起來人畜無害、像是義大利人的男人高聲地插進來打圓場：「別胡說八道。」

他的身高與棕髮男人差不多，蓄著一頭鬈鬈的短髮，鬢角沿著茄子形的輪廓留到臉頰。

「我叫山田山羊。」

男人伸出毛髮濃密的手要與我握手。

「還沒自我介紹，我叫美袋三条。」

趁著山田山羊自我介紹，其餘兩人也開始自報家門。

棕髮男人叫內田內裏[13]，高個子男人叫鈴木鈴鈴[14]。

內田的氣質確實很適合住在宮殿裡，鈴木也有如德國人般粗獷。至於山田像不像山羊嘛……他那顆毬藻般的髮型還比較像綿羊。應該改名為山田綿羊才對。

「各位就是足不出戶的四重奏樂團嗎？」

「哦，你知道我們啊。我負責拉大提琴。」

山田山羊有如要居中調解似地率先回答。他平常是地方銀行的行員。我決定在心裡稱他為拉大提琴的山羊。

「我是第一小提琴。偶爾會和鈴木交換，擔任第二小提琴。」

內田伸出手來和我握手。修長的手指十分美麗，看得出來如他所說，現在仍從事音樂這一行。鈴木緊接著說明自己是第二小提琴。他在大阪從事自由業。也同樣伸出手來與我握手，不過感覺比較像是因為大家都這麼做，自己不得不跟著做。他的手指也很修長，但關節比較粗大

13 內裏的發音是Palace，意即宮殿。

14 鈴鈴的發音是Berlin，意即德國柏林。

隆起。

而且被他居高臨下地盯著看，壓迫感眞不是蓋的。我不禁懷疑最早進入小屋的黑衣人該不會就是這個鈴木吧，因爲身高相去無幾。

但如果是他，他又是怎麼離開小屋的？他穿著襪子、踩著拖鞋，可見身高並沒有灌水。

「不好意思，請問各位是混血兒嗎？」

「呵，經常被問到這個問題呢。畢竟名字也不是日本人常見的名字。」

內田聳肩，鈴木接著說：

「我們都是被遺棄的孤兒，所以不知道自己的父母是誰。」

「抱歉，這個問題太魯莽了。」

我趕緊表達歉意。

「別介意，我們雖然沒有父母，卻有個非常疼愛我們的義父。」

山田微笑說道，目光望向遠方。大概是想起大栗博士了。

「可是……爲什麼你們的姓不一樣？」

「這是義父的意思，他希望我們繼續沿用被收養前的名字。不過我們在戶籍上都姓大栗喔。」

內田以平靜的口吻說明。

「還不是因爲大栗這個姓太招搖了。大栗會那群人也不是好東西，義父不想與他們扯上關係。事到如今，我也不想自稱大栗，姓鈴木還比較輕鬆。」

鈴木伸了個大大的懶腰。吊著絢爛水晶燈的圓頂天花板比一般天花板更高，但我總覺得他伸手就能碰到天花板。

「對了，足不出戶的四重奏樂團是不是還有一個人？」

最後一位成員是名爲小野小夜[15]的女性。

四人都是三十五年前，在二到四歲的年紀被大栗博士收養，最年長的內田和小野現年三十九歲、最年輕的山田三十七歲。除了小野以外，其他人皆已有家室。

「我記得她稍早之前說要去泡露天溫泉。」

山田側著頭回想時，女僕剛好出現了。

「小野女士不在房裡。我喊了好幾聲都沒有反應，所以我探頭進去看，屋子裡沒有半個人。」

「請容我打岔一下。」我插嘴。「我剛才在泡溫泉的時候，隔壁的女湯好像有人，說不定是她。」

15 小夜的發音是Serenade，意即小夜曲。

「那也泡太久了。不過小夜從以前就很喜歡泡澡呢，每次至少要泡一小時。」

「我去看看。」

女僕匆匆地退下。

「就是說啊。去鳴子溫泉時，我們三個一直在外面等她，只能呆呆看著路邊一排巨大的日本娃娃。那玩意兒對剛泡完溫泉的身體實在太不友好了。」

鈴木感慨良深地抱著胳膊說。

「不過，山羊倒是很不怕冷呢。」

「我以前還會做仰臥起坐和伏地挺身喔。」

「以前住在這裡的時候也會出門嗎？」

我插嘴問道，內田苦笑著說：

「『足不出戶』這句話的威力實在太大了。雖然我們沒去上學，而是請家教來家裡上課，但義父經常帶我們出去旅行喔。」

「不只音樂，還請了優秀的家庭教師，所以現在才能過上衣食無虞的生活。小夜現在是烹飪老師，還出了好幾本食譜。」

「話說回來。」

既然彼此已經有一點了解了，我打斷他們閒話家常。

「請問剛才有人去乘涼小屋嗎？」

「沒有，我沒去。」

「我今天還沒去過呢。」

「我一直待在房間裡。」

不愧是兄弟，在同一時間異口同聲地否認。

「出了什麼事？剛才女僕驚慌失措的態度也很不尋常，總覺得不太對勁。」

內田以色素淺淡的眼珠子凝視著我，我無法解讀他的表情。

「實不相瞞，我看到可疑的人影。」

「除你以外的外人嗎？」

鈴木居高臨下地瞪著我看，那眼神再度蒙上一層猜疑的陰影。

「這個家裡只有你們四個人和女僕對吧。」

「扣掉你以外的話，是。」

棕髮內田的語氣也變得緊繃。

四減三——也就是說，那是小野小夜的血跡嗎？

感覺如果一直兜著圈子問問題，我的立場會更不利。迫於無奈，我決定老實地說明整件事：「事實上……」說時遲那時快，女僕臉色大變地衝進來。

剛見到她的時候，她給我冰山美人的印象，但是在這一個小時內，她的臉色已經變了又變。而且這次是前所未見的慌亂，原本緊緊紮起的髮髻已然散開，帽子也不見了。

「小野女士、小夜女士在露天溫泉裡……」

大概是從她狼狽的模樣察覺到異狀，「大事不好了！」鈴木最先反應過來。他的運動神經顯然也很優異，只見他有如裝了彈簧似地迅速轉身，衝向走廊。

緊接著內田也連忙把香菸捻熄在菸灰缸裡，追了上去。最後是伸出右手，彎著腰大叫的山田山羊：「慢點，你們等等我。」

我扶起嚇得花容失色的女僕，要她一起去位於偏屋的露天溫泉。想也知道女僕抵死不從，但也不能把她一個人留在這裡。話雖如此，要我爲了照顧她，和她一起待在會客室也令我躊躇再三。一方面是基於好奇心，一方面也認爲自己身爲第三者，必須客觀地審視狀況才行。

我撿起掉在長廊上的帽子，將女僕留在脫衣服的地方，走進浴室。只見鈴木正從內田背後拚命地架住他，內田喊著「小夜！」就要跳進浴池裡，山田則茫然地呆站在一旁。

隔著水蒸氣，他們的視線前方有一名女性臉朝上，頭靠著浴池，早已氣絕身亡。

要不是她脖子左右兩邊各有一處刀傷，白色渾濁的池水被血染成粉紅色，看起來或許就只是泡在溫泉裡，悠閒地仰望天空。

「你放手，鈴鈴！」

「不！很遺憾，小夜已經沒救了，我們維持住現場不要亂碰比較好吧。」

鈴木萬般不捨地說服他。他看起來冷靜多了，雖然瞧不起推理小說作家，但似乎很了解這種時候該怎麼處理。

「山羊先生，快報警。」

聽我這麼說，山田終於回過神來，回到洋房。雖然看上去不太可靠，但是他跟女僕不一樣，一個人去應該不要緊。

「是你吧！你殺了小夜。」

內田聽到我對山田的指示，瞪著我咆哮。

「我沒有。如果人是我殺的，我早就逃走了。」

我拜託高頭大馬的鈴木繼續按著內田，順著浴池邊緣移動到屍體附近。小心不要踩到死者向後披散的漆黑長髮。

又黑又大的眼眸、濃密纖長的睫毛、豐厚的唇瓣、高而挺的鼻梁。她的五官充滿地中海風情，明艷得彷彿隨時都要跳起佛朗明哥舞。

大栗博士收養這些混血兒，或是長得像極了混血兒的孤兒肯定有什麼意圖。

脖子兩側的刀傷張著血盆大口，看起來好痛，讓人忍不住想背過臉去。一看就知道是致命傷，根本不用測量還有沒有脈搏。

在乘涼小屋遇害的果然就是這位女性吧。兩個傷口也和血跡一致。問題是，兇手是怎麼把她搬到溫泉來的。

海上突然颳來一陣風，吹起她的長髮，輕撫我的小腿。我大吃一驚地後退時，發現洗臉台上有張短箋。與小屋的短箋一樣，但這次是正面朝上。因此不用特地拾起，也能看出上面寫的字。

短箋在中音譜號後面寫著『水精靈，溫蒂妮蛇行吧』。

2

命案發生一夜過去的午後。

原本要來的客人當然取消了。我還無法離開空蕩蕩的大栗家。

山田山羊報警後，我也接受了警方的訊問，只可惜警方並不認爲我是善意的第三者。不僅如此，還把我視爲頭號嫌疑人。

小野小夜是在女僕發現她的一小時內遇害。也就是傍晚的四點到五點之間。我四點進去泡溫泉，幾分鐘後覺得有人進入女湯，那個人恐怕就是小夜沒錯。

警方問案時，我告訴他們乘涼小屋的事。之前一直沒機會說，所以不只刑警，就連內田等人也大吃一驚。尤其對可疑人物的打扮反應特別大。他們也向警方做證說黑色長袍、黑色斗篷、黑色頭巾等有如鍊金術師的打扮是以前大栗博士喜歡做的打扮。當然他們也沒忘了補上一句，現在已經沒有人會打扮成那樣了。

警察起初很振奮，以爲出現了兇器與新的案發現場。我也鬆了一口氣，心想這麼一來，我的嫌疑應該能減輕不少。

然而一夜過去，案情依舊沒有任何進展。要說爲什麼的話，那是由於乘涼小屋裡飛濺的血跡並非小夜的血。小屋牆上兩處血跡雖然驗出相同的DNA，卻都不是小野小夜的血。最明顯的差別在於那是男性的血液。

換句話說，發生了兩起命案，可能還有另一名被害人。更麻煩的是，掉落在小屋的阿拉伯風短刀只留下小野小夜的血液，完全沒驗出牆上的鮮血。也就是說，應該還有另一把凶器才對。

如果能在露天溫泉再找到一把短刀，且刀上殘留的血液與小木屋的血跡一致，縱然令人費解，但也可以算是完美的對稱，只可惜別說是兇器了，除了被害人的衣服以外，露天溫泉和脫衣服的地方就只有找到那張溫蒂妮的短箋。

想當然耳，也有可能是從小屋的窗戶扔出去了，但是在巨浪滔天的情況下，也不是能在懸崖下進行搜索的狀況。

「bra和ket是好朋友，bra和ket加起來就成了bra-ket♪。」[16]

山陰的太陽下山得早。三點一過，陽光的威力就減弱了。麥卡托鮎一如既往地穿著燕尾服、戴著禮帽翩然而至，還哼著莫名其妙的歌……。

昨晚借了洋房的電話向他報告狀況，當時我以爲自己已經沒事了，所以只是抱著好玩的心情，告訴他洋房裡發生了命案，事不關己地找他來湊熱鬧。

沒想到畫風一轉，結束DNA鑑定的中午過後，氣氛變得詭譎起來。因爲光憑大栗家的相關人員著實無法解釋還有另一名被害人的狀況。這還眞是晴天霹靂。

所以現在就算是稻草，不，就算是麥卡托，也只能抓住不放了。

「我到現在都還懷疑這一切是不是你搞的鬼，畢竟這是透過你接到的委託。」

「怎麼可能。」麥卡托用食指把玩絲質禮帽。「縱使我再聰明，也想不到你會徒手去拿兇器。」

問題就出在這裡。遺留在小屋裡的短刀握柄上有我的指紋。這也讓警方對我的懷疑上升到頂點。運彩經紀人的賠率或許已經不到一點五倍了。

16 以上皆為量子力學的符號。

「我也知道自己做了蠢事。美女當前，可能有點得意忘形了嘛。所以呢，憑你的本事，應該不費吹灰之力就能證明我的清白吧？」

「你不僅急躁，態度還很惡劣呢。」

麥卡托臉上露出受不了的笑容。

「不過，相信你能搞定，而拜託你處理這件事確實是我的錯，只好幫你擦屁股了。」

這傢伙還是這麼討厭。我突然想到一件完全無關的事，麥卡托有點像俄國人，再加上燕尾服的穿著，就算加入這個由混血兒組成的四重奏樂團也不突兀。

「總而言之，我去會會拉出這段旋律的主人吧。」

從剛才就一直聽到小提琴的音色從二樓傳來。不同於昨日，時而加入大提琴的伴奏。是小提琴與大提琴的二重奏。

循著音色走到二樓的客廳，兩個男人在燃燒著熊熊烈焰的壁爐前，手裡拿著樂器。是茶色頭髮的內田和鬈鬈短髮的山田。

「發生了命案還要練習嗎？」

「我們是在悼念小夜。」

內田向我說明。

「要是有人彈琴，就成三重奏了。可惜我和鈴木都不會彈鋼琴。」

「自柴可夫斯基以來，俄羅斯就有譜寫鋼琴三重奏以追悼故人的傳統。所以鋼琴三重奏有很多知名的追悼曲。」

山田以陰鬱的表情補充，兩人嘴角都冒出了鬍碴。

「我也不會彈鋼琴，可惜幫不上忙。」

麥卡托聳聳肩，視線往周圍瞥去。

「原來如此……但警察完全沒調查呢。眞是太無能了。」

麥卡托一臉不可置信地說，把手伸向放在壁爐架上的邁森[17]時鐘。上頭有兩個天使的時鐘底下夾了一張朝向內側的短箋，同樣以鉛字印著中音譜號與『火精靈，沙羅曼達燃燒吧』。

「這張短箋從以前就有的嗎？」

相較於麥卡托面無表情地問，內田的臉色甚爲凝重。

「不，我沒印象。就算有這張紙，可能也沒注意到。」

「你們平常都在這裡練習嗎？」

「正式演奏的地點在露台，但如果只是練習或爲了抒發心情，大家通常都在這裡拉琴。這裡的視野很好，冬天還有暖爐。」

17 德國的城市，以製造瓷器聞名。

一旁的山田也嚴肅地頷首。充滿開放感的客廳有一扇法式窗戶，窗外是陽台，陽台前方則是一望無際的日本海。不同於太平洋，日本海就連白天也顯得寂寥。

「可是……這玩意兒是怎麼回事。」

又出現了新的短箋，兩人難掩臉上的困惑，逃也似地離開客廳。

「你又變了什麼魔術？」

「我嗎？怎麼可能。這跟留在案發現場的短箋一樣吧。我再厲害也無法只花一個晚上就變出來。」

麥卡托不以爲意地將短箋放進口袋裡。

「眞不可思議啊。乘涼小屋有短箋，也留下了犯罪的痕跡，卻沒有最重要的屍體。露天溫泉有屍體和短箋，卻沒有兇器，這裡有短箋，卻沒有犯罪的痕跡。」

「毫無頭緒呢。」

「照這樣下去，或許狗頭人的紙條很快就會從土裡跑出來了。」

麥卡托半開玩笑地說，下一瞬間，他的視線釘在壁爐架的油畫上。

「不……犯罪的痕跡還留著，就在這裡。」

如泥人般堅固的壁爐架上掛著一幅以亞當與夏娃被逐出伊甸園爲題材的風格主義宗教畫。夏娃左腳的膝蓋，剛好是我眼睛高度的地方，有個疑似用筆刺穿的幾公厘小洞。

「這是什麼意思?」

麥卡托沒回答,轉而推開法式窗戶,走到陽台上。

他不一會兒便消失在牆壁後面,沒多久又探出頭來,朝我招手。我聽著以穩定的規律拍打上岸的海浪聲,走向陽台,麥卡托指著旁邊的牆面。約在眼睛高度的位置有個直徑五到六公分的洞。洞呈圓錐狀,愈往牆裡面愈狹窄,貫穿到牆壁的另一邊只剩一半左右的直徑。

移開眼前的踏腳台,往洞裡窺探,清楚看見剛才看到的夏娃膝蓋。

「從外面補了土,但也動了一點手腳,可以簡單地打開。」

麥卡托的掌心裡有一塊白色的補土。

「你發現二樓的走廊裝飾著十字弓嗎?從這裡用十字弓狙擊,或許就能射穿正在練習的成員,並將箭射進暖爐架。不愧是『沙羅曼達燃燒吧』。從走廊就能侵入這個陽台,視情況或許還能布置成密室殺人。」

「然後只要事先準備好短箋就行了。那幅畫的洞是?」

「大概是預先練習時造成的吧。畢竟他們似乎都在這裡練習。」

可能是覺得自己解釋得合情合理,只見他一臉得意洋洋。

「暖爐是火精靈啊。我還以爲房子會燒起來。」

「怎麼啦,瞧你似乎很失望。」

麥卡托的臉上浮現出譏嘲的笑容。

「才怪，你少胡說八道。既然如此，告訴那兩個人沙羅曼達的短箋豈不是不太妙嗎。」

「無妨，既然本大爺來了，就不可能再有人犯罪了。」

*

接著，麥卡托主張要跟女僕說話。我在半路上問他：

「爲什麼是中音譜號呢？如果要表達音樂或歌曲，通常會用八分音符或高音譜號[18]吧。中音譜號也太冷門了。」

「弦樂四重奏的樂譜經常把中音譜號用在中提琴的部分呢。」

「意思是兇手是中提琴演奏者嗎？可是中提琴明明是被害人小野小夜。」

如果要誣陷中提琴演奏者，先殺死她不就自相矛盾了嗎？

「這我當然知道。你以爲我是誰。」

麥卡托四兩撥千金地迴避問題，結果還是沒告訴我明確的答案就見到女僕了。

18 最常見的音符記號。

案發後，警察也來了，我猜女僕應該已經逐漸平靜下來了。但不知是否難以成眠，早上看到她的時候比昨天憔悴許多。而且半天過去了，她仍繼續憔悴下去，看起來反而更顯困頓疲憊。或許是因爲不只洋房，還得一手打理小夜的喪事吧。

「大栗博士的墓地在哪裡？」

麥卡托才不管那麼多，單刀直入地問女僕。

「博士的墓地？」

我不解地問。

「我在來這裡的一路上稍微查了一下，得知博士長眠在這棟洋房的地下室。」

「……請跟我來。」

女僕小聲回答，也沒追問理由，聽話地去拿鑰匙。看起來她已經放棄思考了，麥卡托朝她的背影呼喚：

「對了，請問小夜女士與其他兄弟談過戀愛嗎？」

女僕在走廊上停下腳步，隔了一秒才否定：「沒有。」她的一言一行看起來都很無力。「即使沒有血緣關係，他們也是兄弟姐妹。更何況……」

「更何況？」

「小野女士公開表示她不喜歡男人，昨天也說她正和女性同居。」

我趁女僕去拿地下墓室的鑰匙時壓低聲音問麥卡托：

「你找到小夜女士和兄弟交往的證據嗎？」

「從現場的狀況來看，她在浴池裡應該是背對兇手，完全沒有防備。要是非男友的男人闖入女湯，就算是親兄弟，應該也會有警戒或抵抗的痕跡才對。」

「你的意思是說，兇手是女人嗎？是那個女僕嗎？怎麼可能！」

她可是我的救命恩人。雖然不願意相信，但這棟房子裡只有她一個女人。

「現階段可能是女僕呢。」麥卡托不置可否地回答。

「……可是她太矮了。從小屋回來的黑頭巾也跟我差不多高。而且當時可疑人物一消失在洋房後面，女僕就出現在我面前，以時間上來說，女僕著實不可能是兇手。」

「沒有人要求你發表那種比剛出土的銅鏡還要模糊的意見喔。」

「但我是目擊者……」

就在我正想對這種彷彿是爲了包庇救命恩人的口吻提出強烈抗議時，女僕帶著大又老舊的鑰匙回來了。不知她是否聽見我們的對話，只見她表情鎮定如常地走在我們面前，打開位在走廊旁邊，素得有如貯藏室的門，裡頭是通往地下室的陰暗樓梯。霉味從彷彿由地獄三頭犬看守著地獄的黑暗中撲鼻而來。

冷冰冰的樓梯轉了兩個彎，下到一樓半的高度後，又有一扇門。不同於樓上那扇簡素的門，奢華的門板上充滿了與宗教有關的咒術裝飾，讓人聯想到羅丹的地獄之門。
門後面是個四坪左右的墓室。面積並不大，但天花板很高，所以倒也不覺得狹窄。愛奧尼柱式的大理石牆上雕刻了一整面出現在神話裡的故事場景，在間接照明的燈光下浮現出深刻的陰影。
「博士討厭太暗的房間，所以隨時都要開燈。」
這裡似乎也經常換氣，所以雖然是地下室，卻不覺得潮濕。是個靜謐的空間，有如開館前的美術館。
墓室中央盤踞著一個六角形的長形木棺，棺蓋上雕刻著用來代替十字架的浮雕。
我與麥卡托互看一眼，兩人無言地合力掀開棺蓋。女僕只是默默看著，並未阻止。
棺木裡安置著大栗博士已經變成木乃伊的遺體。死亡的氣味頓時在房裡擴散開來，讓人直想拔腿就跑。
大栗博士與我目擊到的一樣，穿著長袍、斗篷和頭巾。已經過了兩年，衣服也跟遺體一樣開始腐朽，但臉上仍殘留著掛在會客室的肖像畫裡的表情。
不過遺體看起來並無異常。
「狗頭人不在這裡嗎？」
麥卡托的語氣雖然有些錯愕，但也沒有太失望的樣子。我覺得很不可思議。

「你看這裡。」麥卡托指著棺蓋。

『父親啊，我也是人子』

同樣的文字刻在棺蓋的兩側。刻得十分潦草，乍看之下還以爲是楔形文字[19]，只能勉強辨認，看得出來是外行人用雕刻刀刻的。削掉的部分還沒有褪色，可見是最近刻下的。

「大栗博士有子女嗎？」

麥卡托回過頭來問道。

「沒有血脈相連的子女，應該只有那四個養子。」

女僕原本面無表情地看著這一連串的行爲，突然臉色鐵青地猛搖頭，難得表現出如此強烈的情緒。但說著說著愈來愈沒自信，是因爲她十年前才被博士雇用，知道的畢竟有限，還是另有隱情呢。

「那妳對『父親啊，我也是人子』這句話有印象嗎？」

女僕只是再三搖頭。麥卡托也乾脆地不再追究。

關上陰森森的墓室門，麥卡托彷彿要拍掉屍臭味似地拍著衣服說：

19　古代兩河流域使用的文字，筆畫呈楔狀，像釘子或箭頭。

「眞是大開眼界啊。不過小矮人[20]也差不多該登場了。」

「小矮人?」

「沒錯，提到浮士德總不能忘了小矮人[21]吧。」

＊

沙羅曼達的短箋加上地下木棺神祕的文字，感覺發生了好多事，但自從麥卡托來到此地還不到一小時，太陽尙未下山。不知是因爲他手腳利索，還是銘偵探特有的幸運，儘管如此，案子還是陷在深深的迷霧裡，加上又出現了小矮人……。

意外的是，麥卡托一回到會客室就說他要開始解謎了，要女僕立刻召集相關人士。語氣輕鬆得像是在常去的咖啡廳點常喝的咖啡，看得我啞口無言。

「你似乎期待這個案子發展成大長篇，可惜我是不適合長篇的偵探喔。」

20 中世紀歐洲的鍊金術師創造的人造人。

21 浮士德的第二部第二幕中描寫浮士德的學生在實驗室裡製造出燒瓶裡的小人。

於是當著魚貫集合在會客室裡的足不出戶四重奏樂團和一臉苦相的刑警們，麥卡托像是對持有黃金駕照[22]的駕駛人舉行講習，簡單扼要地開始推理。

麥卡托先整理他這個小時得到的資訊，說明如下：

「至少昨天才來到這裡的美袋老弟無法搞出這麼多事。以他的智商也做不到這一切。」

眞是多餘的開場白。麥卡托一瞬也不瞬地盯著放在壁爐架上鑲滿閃亮寶石的科普特花杯看。

「首先，我從美袋目擊到的乘涼小屋所發生的事那邊開始爲大家說明。他看到一身黑的可疑人物前往小屋，沒多久又折返。因爲可疑人物的身高前後出現變化，令美袋感到很疑惑，而他的觀察似乎難得歪打正著地矇對了。去程的可疑人物與回程的人物可能不是同一個人。恐怕是原本想殺害小屋裡的人，潛入小屋，結果反而被殺死了。」

其他人都倒抽了一口氣，不過直到這裡都還在我的預料之內，因爲我也想到這個可能性。問題是屍體消失到哪裡去了。

22 在日本開車如果能連續五年都不違反交通規則、不發生交通事故，就能換發黃金駕照，持有黃金駕照的駕駛人可以把換照時間從三年延長至五年，而且每次換照的講習時間也可以從兩小時縮短到三十分鐘。

「兇手在溫泉池襲擊小野小夜女士，殺害了她。還想一不做、二不休地殺死乘涼小屋裡的人物——暫時稱他為兇手B好了，所以短刀才會有小夜女士的血液。小屋的短刀和短箋則是兇手與兇手B扭打時掉落之物。因為如果兇手是刻意留下短箋，應該會讓短箋的正面朝上。」

「你是說，小屋的鮮血是兇手的血，殺死小夜的兇手已經死了？」

從進入會客室的那一刻起就板著一張臉吞雲吐霧的山田壓抑著情緒問道。

「美袋在露台上，所以兇手不得不喬裝打扮進入乘涼小屋。反殺兇手的兇手B也是，要離開小屋時才發現美袋的存在，只好借兇手的衣服來穿。」

「那兇手的屍體上哪兒去了？小屋裡什麼也沒有。」

鈴木替我提出我最想知道的問題。一如他不相信推理小說作家，他對偵探的存在也心存懷疑吧，口吻很不客氣。

「沒有足夠的時間讓他肢解屍體從窗戶丟出去，再說了，地上除了那一小灘血窪以外都很乾淨。就算美袋和女僕為了趕往小屋移開視線也只有短短的一分鐘左右，很難想像負傷的兇手逃離小屋。草地上也沒有滴落的血跡。」

所有人都屏氣凝神地注視著麥卡托，麥卡托不當一回事地莞爾一笑。

「這個問題我待會兒再回答，現在先回到小夜女士的命案。案發現場看不到她掙扎的痕跡。」

麥卡托發表剛才對我說的推理。

「所以妳就是兇手吧？」

鈴木以猙獰的表情瞪著女僕。女僕並未反駁，只是低著頭，沉默不語。

「昨天女僕在小夜女士就在隔壁的狀況下稱美袋爲『客倌』。小夜女士可能也聽到了，所以當兇手進入露天溫泉時，小夜女士也沒有特別驚訝，大概認爲是提早一天來的客人吧。」

「可是這裡又沒有其他女人，而且不是說小屋的血跡是男性的血嗎？」

鈴木失去耐性地追問。

「誰規定只有女人才能進女湯。想想一般情況下，除了女人還有什麼人可以進女湯，答案就出來了。兇手是小孩，約莫是小學生。小學生進女湯一點問題也沒有，也不用肢解就能從小屋的窗戶丟出去。」

「等一下！那個高頭大馬的可疑人物又要怎麼解釋？」

沒有一百九十公分高的小孩吧。萬一眞的有，也無法從小窗扔出去。就算想踩高蹺來混淆視聽，走起路來應該也會怪怪的。那個黑頭巾的腳步雖慢，但走路的樣子很自然。

麥卡托清了清喉嚨，轉頭對我說：

「小野小夜的脖子有兩個傷口。而大栗博士長眠的棺蓋有兩處刻了『父親啊，我也是人子』的文字。短箋上寫的中音譜號是由兩個直立的C所構成的圖案。另一方面，遺留在乘涼小屋的兇器只驗出小夜女士的血。換言之還有另一把兇器。有兩把短刀被帶進那間小屋裡，其中一把用於反擊，然後噴出了兩道血跡。二、二、二。也就是說，有兩個小孩喔。一身黑的巨人其實是一個小孩坐在另一個小孩的肩頭來混淆你的視聽。」

「可是……小屋裡殘留的血跡應該是同一個人的血液。」

「如果是同卵雙胞胎，DNA也一樣。兇手是大栗博士的兒子，而且還是同卵雙胞胎。」

「我沒聽說義父有兒子。」

內田大叫，似乎對出乎意料的發展感到十分困惑。

「你們離開這裡已經過了十年。假如你們離開後，換女僕和雙胞胎住進來呢。」

「怎麼可能，義父居然有私生子，那母親是誰？」

「這是大栗家的私事，請你們自行調查。我現在非說不可的只有殺死雙胞胎的兇手B是誰。」

「有道理。」轄區的刑警點頭稱是。臉上依舊對麥卡托不按牌理出牌的推理保持苦惱的表情，但說不定其實很有能力。

「兇手的身材適中，所以先排除高大的鈴木先生。這麼一來，就只剩下內田先生和山田先生……請各位回想一下剛才提到在客廳裡找到的沙羅曼達短箋。從沙羅曼達的短箋和十字弓的痕跡可以確定，雙胞胎計畫在客廳殺害某個人。如果要用十字弓在那個房間裡殺人，除了內田先生不做第二人想。因爲如果是高大的鈴木先生，箭可能會射中小提琴，就算運氣好射中身體，能不能一擊斃命也還是個問題。從發射的角度來思考，想必無法射第二箭。」

「可是山羊先生的身高也差不多啊？」

我問麥卡托。正確地說是現在只剩下我能提問了。

「他是大提琴手，演奏時要坐在椅子上，所以高度完全不對。你在客廳到底都看了些什麼啊。」

麥卡托嘲笑我，又轉身面向所有人。

「假如沙羅曼達指的是內田先生，那麼西爾芙的對象就另有其人了。如今只剩下一個人，山田山羊先生，你就是殺死雙胞胎的兇手吧。」

頂著一頭鬈髮的山田雙眼充滿血絲，睜得大大的，始終緊閉雙唇。

「你右手的袖子有道裂縫是在小屋扭打時撕裂的吧？」

山田下意識地按住自己的手臂，表情愕然。當然過了一夜，他已經換上新的衣服，所以並沒有裂縫。

「山羊……你說句話呀。」

鈴木以憐憫的眼神俯視著他。內田點了第二根菸，直勾勾地盯著他看。

「謝謝你爲小夜報仇……」

刑事們逼近山田，山田高呼：

「我……我……我還有心願未了，才不會在這種地方完蛋。」

山田把臉埋在掌心裡。與此同時，望樓的鐘聲驚心動魄地響起。難不成山田想利用這件事，企圖犯下新的罪行嗎？

「昨天夜裡，山羊少爺向我說了這件事，逼我聽命於他……」

一旁的女僕哭倒在地。

「可憐的卡斯托爾和波魯克斯[23]。」

*

「那棟洋房的小矮人原來是雙胞胎啊。」

我在回程的計程車上問道。彷彿要配合山陰遼闊的海洋，背後的大栗宅逐漸縮小遠離。當聳立於中央的望樓也消失時，我開始沒有自信這起命案是不是眞的發生過。簡直是南柯一夢。

23 希臘神話中宙斯的兩個兒子，亦為雙子星的代表人物。

「應該是吧。只要仔細翻遍屋子裡的每個角落，應該就能找到雙胞胎藏身的房間。從『父親啊，我也是人子』這句充滿怨恨的話來看，說不定做了什麼人體實驗。」

「說得好含糊啊你。你不好奇那是什麼人體實驗嗎？」

我不以爲然地說。整件事太令人消化不良了。爲什麼要模仿《浮士德》呢？大栗博士在做什麼實驗呢？結果還是什麼都不知道。

「我不是說了嗎，只能給予最基本的關照。當然，現階段如果展開馬克勞林級數或許能求出近似解，但我不打算再繼續提供免費服務。不過，如果你爲了搞清楚全貌要雇用我，那也不是不能考慮。」

麥卡托把玩著不曉得什麼時候順手牽羊的科普特花杯，看著我說。

「不了。」我不假思索地拒絕。因爲我想起以前曾經想委託他，竟然被索求上百萬的報酬。倒也不是特別針對我獅子大開口，但也不會因爲是我就打折。

「雙胞胎的屍體遲早會漂流到某個海岸，由女僕負責供養吧。要是能安放在博士的棺木兩旁就好了。」

女僕大概就是雙胞胎的母親吧……雖然才認識二十四小時，感覺就像不小心窺見相識多年的老朋友不爲人知的另一面，不免有些寂寥。可見這兩天實在發生太多事了。

「話說回來，昨天的電話是怎麼回事？」

昨天打電話給他時，因爲命案的關係來不及問淸楚。從某個角度來說，電話才是一切的罪魁禍首。回家得買新手機了。好大一筆開銷，重點是我有沒有備份啊……。

「是什麼事呢……」麥卡托用手指撐著臉頰約兩秒鐘。「啊，我想起來了。不過跟這起命案比起來倒也不是什麼大事。你住的公寓好像燒掉了。」

不要不急
不必要非緊急

公寓被燒個精光，所有家當都付之一炬，我不得已只好回老家求庇護。附三餐還能睡午覺的老家實在太舒適了，我也就不怎麼積極地尋找新居，拖著拖著又爆發新冠疫情，自然也回不了大阪。因爲我的愛車是縣外的車牌號碼，慘遭民智未開的附近居民扔石頭，還用油性筆在車身上塗鴉「滾出去！」簡直慘不忍睹。我很想回大阪，問麥卡托黏能否收留我住在他的事務所，結果被他以這樣不合規定，要我別越境爲由冷冷地拒絕。

好不容易撐到五月底，緊急事態宣言解除，久違地去麥卡托的事務所找他。雖然他還是不願意收留我，幸好飯店的住宿費如今跌落谷底，任君挑選，所以也不怕沒地方住。

「世道如此嚴峻，你的氣色倒是很不錯呢。」

我帶著甜蝦去拜訪他，麥卡托只是敷衍地打了聲招呼，開口就是一陣揶揄。偵探事務所的桌上有個巨大的法隆寺五重塔的木造模型，近八十公分高，最上面的屋頂尚未完成。或許是留意到我的視線，麥卡托說：

「實在太閒了。做得很好吧。」

比起他的巧手，我更驚訝麥卡托居然會老實地待在家裡。

「聽起來很悠閒，今年春天就連殺人犯也都深居簡出了嗎？」

鄉下只有疫情新聞滿天飛，所以我對大阪的近況一無所知。

「怎麼可能。」麥卡托笑著說。「正好相反喔，謀殺案正在暴增中。由於晚上走在路上的人少了，就算潛入被害人家、或是在路上埋伏被害人也不容易被目擊到。再加上戴著口罩也不會被懷疑，現在反而是不必要、非緊急的命案發生的好機會。」

「你是說兇手不在乎疫情嗎？」

「因爲要掩人耳目地犯案，自然會避免密切接觸。而且對犯罪者最重要的是，世上的名偵探們不會進行不必要、非緊急的調查。」

「不必要、非緊急的調查？」

沒錯。麥卡托不容置疑地點頭。

「能力愈優秀的偵探愈有錢，自然也沒必要在這段期間亂接案子。因爲不管找誰問案都不可能得到好臉色。而且事關生死，你也知道的那些大名鼎鼎、年事已高的名偵探全都像隻蓑衣蟲似地躲了起來。所以現在還在犯罪現場走跳的都是一些賺不到錢的沒用偵探喔。」

「可是你還這麼年輕，不正是應該努力掙錢的時候嗎？」

「別把我和那些見錢眼開、不值一提的偵探相提並論好嗎，眞令人不舒服。而且也沒必要緊張。幸好如果是趁亂滋事的犯罪者，一開始的偵察再怎麼慢，也絕對來得及將他們繩之以法。眼下的當務之急是先完成這座五重塔。這可比那些平庸的懸案要來得費神多了……再說了，我只是把不必要、非緊急的委託推遲到下個月，不必要、非緊急的錢還是會準時到帳。」

麥卡托的表情突然變得很邪惡。

名探偵の自筆調書

名偵探的手寫筆錄

「美袋老弟，要我告訴你爲什麼命案都發生在豪宅裡嗎？」

掛著「麥卡托鮎偵探事務所」偌大招牌的住商混合大樓三樓的辦公室裡，麥卡托一如既往地坐在皮革扶手椅上，好整以暇地說道。

「假如你想殺一個人，這時最安全的殺害方法是什麼呢？」

「埋伏在黑暗的夜路上，假裝無差別殺人的殺人魔，打破他的腦袋不就好了。這麼一來也不會留下任何證據。你以前也說過，從某個角度來說，這是完全犯罪。」

聽到我的回答，麥卡托嗤之以鼻地笑了。

「如果沒有動機確實如此呢。假如不管誰都好，只是想殺人的話另當別論，但要是爲了自己的利益想殺死某個特定的人物，事情就沒這麼好辦了。只要有動機，警察遲早會循線找上門。如果沒做任何準備工作，臨時起意敲破對方的頭，身爲有動機又沒有不在場證明的嫌犯，可能就得接受警方的偵訊。就算還有其他嫌犯，而你也有明確的不在場證明，至少也會成爲重要參考人。警方也不是省油的燈，偵訊對他們來說簡直是探囊取物。恩威利誘、軟硬兼施，爲了讓嫌犯招供，大概會無所不用其極。還有豬排飯的誘惑[1]。你有信心能撐過去嗎？」

1　相傳日本警察偵訊犯人時會請犯人吃豬排飯。

「好像沒有……」

我據實以告。

「對吧。所以爲了逃過法律的制裁，一定要動點手腳。最可靠的方式就是讓死者看起來像是自殺或意外，而非他殺，但是以個人，而且對犯罪只有一般常識的外行人來說，很難瞞過專業的法眼。當然也有很多蠢笨的刑警，所以也不是不可能看走眼，但事關殺人，可不能這麼樂觀。所以這個方案不予採用。次佳解是擁有牢不可破的不在場證明，但如果只是請朋友幫忙，警察和檢察官可能都不會輕易相信。再說了，就算是朋友，應該也不願意成爲殺人的幫兇。另一方面，要僞裝成意外的難度跟想出能瞞過警方的不在場證明不相上下，只要有一絲破綻，懷疑的矛頭就會集中在自己身上，風險不可謂不大。」

「那麼到底該怎麼辦才好呢？」

「接下來的方案是放棄將自己排除於嫌犯的陣容之外，塑造一個嫌疑比自己更大的人。也就是推出一個代罪羔羊。將那個人約到案發現場，使其沒有不在場證明，或者在現場留下替死鬼的物品也是個辦法。只不過，這也不是毫無風險。萬一替死鬼的無辜得到證明就完蛋了。而且就算把替死鬼叫到命案現場，也沒有人能保證事情會照自己寫的劇本發展。這麼一來，沒有不在場證明的你就很可疑了。就算留下替死鬼的物品，只要證明替死鬼是清白的，警方就會開始調查誰有機會弄到那些東西，反而會反過來變成坐實你犯罪的物證。」

「可是如果顧慮這麼多，就無法殺人了不是嗎？」

「對呀。殺人的風險可是很大的。但也能將殺人的風險降到最低。如果只有一隻代罪羔羊很容易穿幫，但如果有好幾隻代罪羔羊，假設有十隻好了，自己的嫌疑就能降到十分之一。假如行兇時能不出岔子，一切都照計畫進行——殺人時還能出岔子也眞是活該死好——嫌疑就能維持在十分之一。在罪證確鑿的情況下很難熬過警方的偵訊，但如果只有十分之一的嫌疑，撐過訊問的機率或許就大得多了。」

「可是自己終究也會受到懷疑吧。」

「既然有動機，不管怎樣都會受到懷疑。所以重點在於另闢蹊徑，把其他人也拖下水。」

「可是要湊齊十隻代罪羔羊可不是一件容易的事。」

「因爲要推翻別人的不在場證明既花時間又費工夫呢。只要把想殺害的對象和所有有動機的人都集合在一處就好了。等到夜深人靜、大家都睡著以後再動手。如此一來，自己雖然沒有不在場證明，但其他九人也同樣沒有不在場證明。當然其中可能也有人的不在場證明有機會成立，但不可能除了你，其他人都有不在場證明——要是眞的變成那樣，就表示連老天爺都不幫你，只能死了這條心。不過這裡畢竟不是歐美，不太有機會讓所有的嫌犯都集合在一棟大宅裡。但如果剛好有這個機會，試問你不會想利用這個絕佳的舞台嗎？」

「有道理。」我表示同意。

「所以豪宅很容易發生命案。因爲這是最安全的殺人手法。明白了嗎?」

麥卡托用食指靈巧地轉動絲質禮帽，露出心滿意足的笑容。但我總覺得他的笑容有哪裡不太對勁。

「嗯，明白了。可是你爲什麼突然提起這件事?」

「嗯?因爲你不也認爲我想殺人嗎。」

麥卡托從扶手椅上轉過身去，從懷裡掏出宴會的邀請卡。

「我受到邀請了，你也一起來吧。」

傳說之物

囁くもの

1

巧合眞是一件可怕的事。

聽說世上有人被車子輾斃，然後同名同姓的人被那個人的墓碑撞到頭死掉。

就是這樣，去鳥取吧！

突發此想是兩天前的事。因爲我突然想起那個女人從砂丘伸出腳來的屍體。

莫非是天啟！

……好像在哪裡見過這個場景，但我決定不去細想。

搭乘超級白兔號抵達鳥取站，吃了碗彎角鷹爪蝦的海鮮蓋飯當遲來的午餐。爲了搭乘開往砂丘的公車回到車站時，在大馬路旁掛著浮誇招牌的咖啡館看到了不敢置信的畫面。

穿著燕尾服的男人正翹腳坐在靠窗的座位。即使人在室內，依舊大搖大擺地戴著絲質禮帽。

全世界我只認識一個這樣的人。問題這裡不是大阪，而是鳥取……難不成鳥取也有一個腦子有問題的人。肯定是這樣沒錯。

我決定當沒看見，快步地打咖啡館前走過。然而才不到十秒鐘，我的手機就響了。是舒伯特的〈魔王〉。被我設定爲這個來電鈴聲的人全世界也只有一個。

「喂，美袋啊。你來也鳥取啦。」

手機裡傳來朝氣蓬勃的聲音，絲毫不輸給和暖的陽光。是麥卡托鮎的聲音，絕不會錯。絕望朝我襲來，不安湧上心頭。一個人旅行，既沒有父親也沒有馬同行的我掛斷電話，踩著沉重的腳步走進咖啡館。

「沒想到會在這裡遇到你，眞是奇遇啊。瞧你帶著相機，應該是來取材吧。」

麥卡托坐在窗邊的座位，皺著眉啜飲咖啡。

「對呀，我要去鳥取砂丘，你呢？」

我充滿戒心地問道。

「我是來工作的，正在等委託人。所以你可以不要坐在我對面嗎。」

麥卡托提醒正要坐下的我。明明是他自己叫我進來的……。

「了解。那我告辭了，不打擾你。」

這可眞是求之不得，我正打算離開時——

「這張桌子明明有四張椅子。」

意思是要我坐在他旁邊嗎。既然都進來了，再想唱反調也只是徒勞。我聽話地在麥卡托旁邊坐下，向服務生點了一杯熱咖啡。

「以討論工作上的事來說，這個地方也太隔牆有耳了。」

我左顧右盼地四下張望問道。

寬敞的店內有幾位服務生，穿著時髦的制服，忙得不可開交。多半是新來的工讀生吧，端茶送水的樣子看起來都很生疏，彷彿一不小心就會把整杯咖啡翻倒在客人頭上。

「我們先約在這裡會合再去現場。到了現場再聽他怎麼說。因爲引人注目的場所最適合做爲相約的地點了。」

「你走到哪裡都是引人注目的焦點吧。」

「我對這裡不熟，所以這樣比較方便喔。畢竟我上次來鳥取市已經是三年前的事了，當時的店鋪都換過一輪了，以前也沒有這家店。印象中都是些老舊的小吃店或居酒屋。」

「三年前……」我拍了拍膝蓋。「原來如此，難怪我走出車站時充滿了既視感。」

三年前，解決發生在倉吉的命案回程，心想既然都來了，便順道在這裡逛了一個小時。我完全忘記了。

「明明被兇手拿刀子指著，嚇到腿軟，連腦細胞都開始老化了嗎，眞拿你沒辦法耶。」

「看樣子你也忘了是我扔出禮帽，打掉對方手中的刀子，救了你一命。」

麥卡托故作傻眼地誇張聳肩。

「當時確實差點沒命呢。我能活到現在都是拜你所賜。」

我反射性地感謝他。然而下一秒鐘，我就想起是麥卡托利用我當餌，引兇手入甕。確實拜麥卡托所賜，我才能九死一生，但是造成我陷入九死的險境也是他幹的好事。我還向他道謝，眞是虧大了。

「剛才的話當我沒說。話說回來，還不是因爲你……」

「久等了。」

滿臉雀斑的服務生把咖啡放在我面前，打斷了我的抗議。不知是否眞的太忙，擺放的動作很粗魯，語氣也很沒禮貌。

我的怒火被澆熄，無可奈何地將咖啡杯拿到嘴邊。才喝了一口，我的眉頭就皺成一團。因爲就像沖好後又放了三十分鐘左右，一點也不熱。這才不是熱咖啡，頂多是熟咖啡。

「很不熱吧。大概是新來的工讀生泡的，欠教育。」

麥卡托興災樂禍地笑著說。他的咖啡大概也是溫溫的。

「你提出客訴了嗎？」

「沒有，我等的人就要來了。不能在委託人面前做出降低品格的事。」

「沒想到你對工作這麼認眞啊。」

我還以爲他一定會以震破店長耳膜的音量破口大罵，以最惡毒的字眼諷刺到店長可能要因爲心靈創傷去看心理醫生，所以不免有些錯愕。

「那當然。從事銘偵探這個職業必須非常細心。要是做人不夠圓滑周到的話，不只失去信用，還會失去性命。」

「我倒是看不出來你有這麼細緻的感性……言歸正傳，發生命案了嗎？」

「你似乎很感興趣呢，要不你也一起來吧？」

「不了，我接下來還要取財。」

「是嘛。」麥卡托大感意外地吊起一邊的眉毛。「去鳥取砂丘取材……想也知道開頭一定是發現女人從砂丘裡伸出來的腳。」

「你怎麼知道！」

麥卡托應該沒有讀心術才對。見我大驚失色的樣子，他笑得可開心了。

「你那貧瘠的思考，我一下子就看穿了。因爲我一個月前才聽你講過一齣從這個畫面開始的連續劇。就算沒有那齣連續劇，你的作品八成也會出現這種場景。」

被他一語道破，我感到非常沮喪。似曾相識的感覺原來是這麼回事啊……。既然如此，這個橋段就不能用了。如果是以前看過的小說就算了，剽竊一個月前才剛播過的連續劇實在說不過去。

……仔細想想我一時衝動，也跑太遠的地方來了。

「抱歉我遲到了，路上塞車。」

有個三十多歲、西裝筆挺的男人跑著進來。本壘板般四四方方的下顎線條在太陽穴的地方縮進去，三七分的頭部圓圓地向上隆起，活像是前方後圓的墳墓。不同於令人印象深刻的輪廓，平板的五官非常不起眼，卻又各自獨立，看上去很能幹的樣子。

「這位是？」

「這是我的助手美袋，我今天早上才決定帶他一起來。看起來雖然沒什麼用，但總比沒有好。」

講得好難聽啊。稍微稱讚我一下是會少塊肉嗎。但這不重要，重點是我什麼時候要與他同行了。不過砂丘的靈感既已泡湯，陪他去，順便尋找題材也不錯。

「既然麥卡托先生這麼說，倒也無妨。」

男人說到這裡，重新打直背脊說：

「你好，我叫郡家浩。」

男人以一板一眼的語氣說，遞出名片。

「我是社長若櫻利一的秘書。」

互相打過招呼後，男人向服務生點了熱咖啡。我原想警告他這裡的熱咖啡很難喝，旋即打消念頭。麥卡托也沒有任何反應。

「是說關於今天的事，臨時出了點狀況。」

「什麼狀況？」

「社長還沒回來。」

據郡家說，委託人若櫻利一去沖繩出差，原訂下午回到鳥取。不料那霸機場遭受暴風雨的侵襲，所有的班機都停飛了，要晚一天才能回來。

「眞的很抱歉。」

郡家再次起身，深深地鞠躬致歉。眞是個禮數周到的男人。

「社長要我轉告，請您今晚在若櫻家過夜。」

「這倒無所謂，郡家先生。你知道若櫻社長要委託我的內容嗎？昨天突然接到他的電話，只說見了面再詳談，沒告訴我內容。」

「這個嘛……我一點都沒聽他提起。」

郡家以困擾至極的表情搖頭。看樣子若櫻社長似乎很獨裁。但……居然能用一通電話就把麥卡托叫到鳥取來，這位若櫻社長究竟是何方神聖？我不免好奇。

與此同時，剛才那位雀斑服務生用力地把咖啡杯放在郡家面前的桌子上。他掏出手帕擦拭額頭，停頓半晌，拿起咖啡杯，送到嘴邊，臉上露出跟我剛才一模一樣的表情。

＊

若櫻商事是一家在岡山及神戶都有分公司的中型貿易公司。從規模來判斷，神戶的分公司才是總公司，但因爲若櫻家自古以來都是名門，所以還留在創業地鳥取。最主要的原因聽說是夫人若櫻孝江不願離開故鄉。若櫻是贅婿，無法違抗妻子的命令，只能藉由去神戶及海外出差，每個月有將近一半的時間都不在鳥取的自宅。

但他這次的沖繩之行並不是爲了工作，而是去採購他喜歡的洋蘭。若櫻家的院子裡有一座很大的溫室，蒐集、栽培了許多稀有的蘭花。

若櫻家離鳥取站約十分鐘的車程，是建於大正時代的古老木造洋房，牆壁和柱子原本都塗上雪白的油漆，如今褪色得恰到好處。

郡家把車停進停車場，下車帶我們走進屋子裡。

「老闆交代我今天要好好地招待麥卡托先生。」

郡家以正經八百的語氣說道，手臂向前平舉，邀請我們進屋。殷勤的態度與管家無異，麥卡托神態自若，但我身爲隨行的跟屁蟲，不免有些不好意思。郡家的態度愈恭敬，我愈坐立不安。

身穿白色圍裙的中年婦女站在宛如電影布景的玄關大廳裡，擦拭得一塵不染的木紋散發出溫潤的光澤。女人大概五十多歲，個子矮胖，頭髮有兩成皆已斑白。

「歡迎光臨。」

女人以冷靜的語氣說道，畢恭畢敬地向我們低頭致意。

「這位是幫佣，船岡綠女士。」

郡家向我們介紹後，轉向船岡說：

「船岡太太，不好意思，客人有兩位，可以請妳再準備一個房間嗎？」

「好的，多一個房間對吧，我馬上去準備。」

船岡簡潔地回答，一骨碌地轉身，從正前方的樓梯上三樓。根據郡家的說明，她已經在這個家服務了二十年。一舉一動都很優雅。

「事發突然不好意思，我應該先打電話跟妳說一聲……船岡太太，我們去事務室等。」

「好的。」在樓梯前停下腳步的船岡再度回頭行了一禮。不習慣這種陣仗的我也跟著鞠躬。感覺女佣似乎有點忍俊不禁。

「那麼在準備好客房之前，請先在這裡稍等。」

郡家似乎沒發現女佣噗哧一笑，帶我們在鋪著紅地毯的走廊上前進。

走廊很長，天花板也很高，等間隔地垂掛著好幾盞罩著天鵝絨燈罩的吊燈。走廊的兩側各有一排厚重的木門。

或許是防音做得很徹底，走廊上靜悄悄地，彷彿連一根針掉地上都聽得見。郡家踩著充滿彈性的地毯穿過走廊，推開走廊盡頭的門。還以爲門後面就是他口中的「事務室」，沒想到門裡面是廉價的奶油色走廊，五公尺左右的前方則是鑲嵌著毛玻璃，看起來也很廉價的鋁製拉門。

走廊上沒有窗戶，只有裸露的日光燈。彷彿以剛才那扇門爲界，進入了後來才加蓋的部分。話雖如此，與前面不成比例的粗製濫造很難想像是大戶人家增建的房屋。

推開鋁製拉門，前方總算是事務室了。

正確地說應該是會議室吧。同樣奶油色的地板、比起奶油色更偏白色的素淨壁紙。房間中央有一張沒有任何裝飾的長方形大桌，左右各有三張椅子。是那種帶輪子，很簡單的辦公椅。

門的對側、後面的牆壁有一扇鋁窗，拉上白色的窗簾。右手邊的牆壁擺放著不鏽鋼製的書架和白板，左手邊則以隔板隔成茶水間。天花板很低，跟走廊一樣裸露著兩排平行的日光燈。

「這裡就是事務室嗎？」

與先前的豪華宛如兩個世界的寒酸景象令我大吃一驚，忍不住開口問道。

「這是社長的意思。他說比起豪華的房間，待在這種講求功能性的地方才能產生好點子。他總是笑著說：『誰叫我是草根出身呢。』社長是充滿創意的人，聽說上一任社長也是看中他這一點。我也是草根出身，所以待在這種地方比較靜得下心來。」

郡家講到這裡，這才反應過來似地看著麥卡托。

「對不起，我沒想太多就帶你們來這裡。麥卡托先生比較想在會客室等吧。」

只見他手足無措地就想回頭走。看樣子他只是看上去無懈可擊，其實意外地有些脫線。

「沒事，偵探也喜歡功能性。」

麥卡托難得表現出成熟的態度，坐在右手邊最後面的椅子上。平常的他總是一副妄自尊大的樣子，不說點夾槍帶棍的話絕不罷休。眞令人難以置信，我呆若木雞地看著麥卡托。

「你也坐下啊，杵在那裡做什麼。」

麥卡托要我在他旁邊就坐，難不成他很欣賞眼前的郡家？不過這種動不動就當眞的性格應該不是麥卡托會喜歡的人物。

郡家似乎放心了。

「請稍等一下，我現在就去泡咖啡。」

郡家笑著走向隔板後面。

「剛才和您約在品質那麼差勁的店眞是太失禮了。平常的咖啡應該沒有那麼難喝才對。」

郡家的聲音從隔板後面傳來。大概是要覆寫那杯不冷不熱的咖啡留下的餘韻吧。

「別介意，那不是你的錯。」

麥卡托不可一世地說，在嘴裡放入一顆口香糖。然後活像大聯盟選手般喳喳作響地咬了起來[1]。眞是個不修邊幅的偵探。因爲委託人不在，他才敢如此放肆。

幸好郡家似乎沒有注意到。

「不好意思，社長完全沒有向您透露委託的內容嗎？」

郡家打開咖啡機，回來問道。

「他堅持要當面說。」

「這樣啊。但願不是什麼太棘手的事……」

郡家擔心得臉色凝重。從某個角度來說，光是委託偵探就已經不是小事了。難怪郡家會感到不安。

「郡家先生呢，可有什麼想法？」

「沒有。」郡家一再搖頭。「這時要是能替社長出一點力就好了。可惜我當秘書都三年多了，還是很不成熟，無法得到社長的信賴。」

「別想太多，以你們家社長的性子，我想應該不是什麼嚴重的事。畢竟他很喜歡大驚小怪。」

「麥卡托先生認識社長很久了嗎？」

1 大聯盟選手經常在比賽的時候咬口香糖，據說這樣可以讓心情冷靜下來，處於放鬆的狀態。

郡家驚訝地問道。因爲若櫻五十多歲了，與麥卡托的年紀相差至少二十歲。

「還好，稍微有點交情。」

「您眞了不起。」

郡家打從心裡發出讚嘆的聲音。與自己同世代的人居然能與社長平起平坐，基層出身的他大概很難想像吧。但是要說的話，我也是同輩。

「對了。社長要我傳話，說這件事要祕密進行，所以希望您隱瞞自己偵探的身分，假裝是喜歡蘭花的同好，可以嗎？」

「可以啊。我也喜歡蘭花，說是同好也沒錯。既然如此，等一下可以讓我們參觀一下溫室嗎？他一直約我來，但我一直抽不出時間。」

「沒問題，樂意之至。」

東拉西扯的過程中，茶水間一直傳來水燒開的聲音。

「咖啡好像煮好了。」

郡家幹練地站起來，走向茶水間。茶水間裡傳來杯子碰撞的聲音。

「我要黑咖啡喔。」

麥卡托吐出口香糖，東張西望，似乎找不到垃圾桶，居然黏在椅面的角落。郡家顯然沒發現他的惡行。

「喂！」正當我看不過去，想揭發他的惡行時，入口處的門開了。

船岡探頭進來，以柔和的表情告訴我們：「兩位客人的房間準備好了。」

「我咖啡都泡好了。」

郡家遺憾至極地回到事務室。

「下次再喝吧。」

麥卡托體貼地說。話說得動聽，但他的口香糖還黏在椅子上。

*

我們的房間被安排在洋房的二樓。最裡面是我、前面是麥卡托、麥卡托前面是郡家的房間。

五坪以上的客房鋪滿了華美的地毯，法式窗戶掛著編織的窗簾，天花板則有水晶燈，說是窮奢極侈也不爲過。鬆鬆軟軟的床鋪靠牆擺設，這趟旅行簡直讓我體會到了什麼是王公貴族的心情。

「再過二十分鐘，我就來帶你們去參觀溫室。」

郡家以我已經看習慣的恭敬態度鞠了九十度的躬，走出客房。

「好豪華的房間啊。」

我有如第一次上京的少年，稀奇地四下看了一圈。

「你怎麼會認識這裡的社長。我印象中的你可不是這種呼之即來的人。」

「好說，我賣了他一點人情。」

麥卡托眨了眨眼，散發出算計的味道。

「你想知道嗎？」

這個問題有如惡魔的呢喃，反而令我充滿戒心。說不定是陷阱。感覺問了就再也回不了頭。問題是……什麼陷阱？

「在那之前，我先把行李放回房間裡。」

走出麥卡托的房間時，差點在走廊上撞倒一位年輕的女性。

「沒事吧？」

女性爲了閃開，身體失去平衡，我連忙扶住她。

「謝謝，是我不該發呆。莫非你就是爸爸說的……」

看來是若櫻的女兒。據郡家透露，若櫻與妻子膝下有一個兒子和兩個女兒。岳父岳母已經過世，所以家裡現在有五名成員。

「是的，請多多指教。」

我回答完，又打量她的臉。眞是個苗條又白皙的美女。溫婉嫻靜的氣質好比白百合。大概才二十出頭歲。

「彼此彼此。你遠道而來，爸爸卻還沒回來，眞不好意思。啊，我是二女兒典子。」

「我叫美袋三条，是個沒沒無名的推理小說作家。」

「你是推理小說作家啊。」

典子驚訝地瞪圓了原本就圓滾滾的眼睛，模樣很討人喜歡。

「我很少看推理小說，難怪你長了一張充滿知性的臉。」

這還是第一次有人稱讚我知性。就算是恭維，被美女恭維還是令人飄飄然。

「聽說你也喜歡蘭花？」

「不是。喜歡蘭花是跟我一起來的友人。」

我說不出一下子就會露出馬腳的謊言，老實告訴對方我對蘭花並不了解方爲上策。

「哦，這樣啊。」

「我爲了增廣見聞，硬是要他帶我來，結果害府上的幫佣還得另外準備一個房間。」

「不用跟船岡太太客氣喔，因爲她把勞動視爲自己的生存價値。那我也得跟另外一位客人打招呼呢。」

典子向我點點頭，走進麥卡托的房間。

向麥卡托問好後，典子正要離開時，麥卡托叫住她：「典子小姐。」用食指轉動絲質禮帽說：

「我對妳產生興趣了。如果有時間的話，方便跟我聊一聊嗎？」

麥卡托笑著露出潔白的牙齒，一言一行都像極了花花公子。極爲罕見的光景再次令我當場呆住。說到欲望，這個魔王一向把金錢和名譽擺在最前面，難不成對這位女性一見鍾情了。明天該不會颳颱風吧。

「咦？」

大概因爲是父親的客人，不敢斷然拒絕。典子一臉不知所措地留下。

「怎麼啦，你不回自己的房間嗎？」

見我目不轉睛地盯著他們看，麥卡托不安好心眼地問我。

「不，我也要留下。」

「好啊，隨便你。」

我還以爲一定會被趕出去，沒想到麥卡托意外爽快地答應了。

「所以呢，你要說什麼？」

典子白皙的臉上直到剛才都還掛著天眞爛漫的笑容，如今也不禁流露出警戒的神色。

「沒什麼，不是什麼重要的事。只是想說妳看起來很像白百合。」

典子很像白百合。自己的感性居然與麥卡托如出一轍，這點令我絕望至極。

「白百合嗎……」

「別人也這麼說過嗎？」

「沒有，這是第一次。」

「真的嗎。那麼以後如果有人問妳『有沒有人用白百合來形容妳』的時候，請妳告訴他，我麥卡托鮎是第一個這麼說的人。」

「哦。」典子一臉莫名其妙地點頭。明明第一個形容她像白百合的人是我……我想主張自己的命名權，但是當然沒有說出口。見我陷入天人交戰，麥卡托不知是知道還是不知道，笑得一肚子壞水。

「話說回來，典子小姐是大學生嗎？」

「是的。我就讀鳥取教育大學三年級。」

「所以妳將來想當老師囉？」

「我想當小學老師。」

或許是稍微放下戒心了，典子的聲音多了幾分喜悅。

「不進令尊的公司上班嗎？」

「公司將由弟弟繼承，所以我可以自由地做我想做的事。」

「原來如此。想當小學老師的話，表示妳很喜歡小孩呢。」

「我確實也喜歡小孩，但主要是因爲我小學時很崇拜一位老師。當時我身體很差，經常請假，因此在班上有點格格不入。我自己也覺得這也是沒辦法的事，誰叫我一直給周圍的人添麻煩。幸虧當時的老師很熱心地灌輸我學校生活的樂趣，我才能跟班上同學打成一片，也才能交到現在還能一起玩的朋友。想到萬一沒有那位老師……。所以我也想當老師。」

典子滔滔不絕地說明，雙眼炯炯有神。看樣子她眞的很尊敬那位老師。

「我明白了。典子小姐能遇到人生的指標眞是太幸福了。」

「麥卡托先生呢，你有這種人生指標嗎？」

「我嗎？我永遠是一匹孤狼。想利用我而接近我的人在所多有，可惜沒有人願意了解我。」

麥卡托裝模作樣地聳肩，嘆了一口氣。

我茫然地看著他們在我眼前的對話。眞的只是閒話家常。

麥卡托到底想做什麼？

典子似乎也對漫無邊際的對話感到疑惑，語氣開始變得有些不太自在。因爲麥卡托的態度非但沒有一絲撩妹的輕挑，反而正經八百地像是公司面試。

儘管如此，麥卡托也不放典子走，話題逐漸轉移到鳥取的事。像是從這裡花三十分鐘就能抵達鳥取砂丘。典子也看過兩條腿從砂丘裡跑出來的電視連續劇。拍攝當時是冬天，不幸遇到十年一次的大雪，不得不延期一週。

碌碌無爲地聊了三十分鐘左右，郡家慌張地衝進來。想也知道，看到典子在房裡似乎嚇了一跳。

「不好意思，我來晚了。馬上就帶二位去溫室……咦，典子小姐怎麼也在這裡？」

典子也抓住這個機會。

「沒什麼，只是聊了一會兒天。那我先告辭了。」

典子匆匆與郡家交棒，頭也不回地離開房間，夾雜著如釋重負與疲勞的表情我見猶憐。

「出了什麼事嗎？」

郡家不明所以地挑眉，改問麥卡托。

「就只是說了點話而已。」

麥卡托給了一個語帶玄機又不在點上的回答。

2

我們在郡家的帶路下前往若櫻引以爲傲的溫室。蓋在寬闊的庭園一隅，圓形屋頂的玻璃屋裡擺滿了洋蘭。室內只比外面稍微暖和一點，然而看到色彩繽紛、恣意綻放的蘭花，不免陷入有如誤闖熱帶雨林的錯覺。

我不知道洋蘭是否實際生長在熱帶雨林，但是穿著絢麗奪目的晚禮服，爭奇鬥艷的模樣就像灰姑娘闖入皇宮的舞會，令人嘆爲觀止。

跟我相反，麥卡托極爲冷靜地觀賞。手撐著下巴，彷彿要鑑價似地一一靠近端詳，認真地盯著看。然後他湊近一株蘭花，語氣歡快地說：

「哦，這是很珍貴的蘭花呢。」

「眞的嗎？我只能爲你們帶路，對蘭花的知識趨近於零。」

郡家自慚形穢地搔了搔梳成三七分頭的後腦勺。

「這是石斛屬中相當稀少的品種。以不擅因應氣候的變化，難以繁殖聞名。要是知道這裡有，全國各地的蘭花愛好者可能不惜犯罪也要來一親芳澤呢。」

「有這麼誇張嗎？」

我也湊近去看，可惜看不出個所以然來。只知道是小巧的白花，散發出甜甜的香氣。但是問我跟旁邊的花有什麼不一樣，我也說不上來。毋寧說看在我這種外行人眼裡，別的區域比較大朵又吸睛的花看起來還比較厲害。

「因爲是很難栽培的品種。不過，珍貴的原因不只是這樣而已。沒想到若櫻社長能弄到這種花，眞是百聞不如一見。」

就連麥卡托也讚嘆不已。

「這些花都是由若櫻社長照顧嗎？聽說他一個月有一半的時間都不在家裡。」

「社長不在家時由船岡太太負責照顧。當然，專業的部分會委託業者。」

「哦，原來是超級女佣啊，眞是人不可貌相。接下來面對她可得帶著敬意呢。」

麥卡托說道，聽起來不完全是開玩笑。

在那之後，我們繼續在廣大的溫室裡欣賞蘭花，沒多久，郡家的手機響起。回過神來，玻璃屋外的天色已經暗下來了。看來我們在溫室裡待了很久。沒想到麥卡托居然能不嫌煩地一直待在溫室裡。原來他這麼喜歡洋蘭啊，我有些意外。不過也多虧他的解說，讓我增廣了見聞。

「知道了。」郡家結束通話。「晚餐準備好了，大家都在餐廳裡等著。非常抱歉，不小心待太久了。」

郡家一再地低頭致歉。明明不是他的錯，這種性格也太吃虧了。像我也一天到晚大錯不犯、小錯不斷，所以有點感同身受。正所謂他山之石，可以攻錯，我提醒自己要上緊發條。

總之我們匆匆地趕往餐廳。

用金碧輝煌來形容再貼切不過的豪華餐廳——幸好我已經習慣了，倒也沒有太驚訝——裡頭坐了五個人。

最裡面的座位空著，大概是若櫻的座位吧。旁邊坐著一個五十上下的瘦女人，氣質還不錯，但眼神有點神經質，給人略顯陰險的印象，應該是若櫻的妻子孝江。

孝江隔壁是坐在輪椅上的女性，長得很像典子，但是看上去比典子大五歲。是典子的姊姊宮子。若說典子是白百合，宮子就是更添幾分風情的山百合。依照郡家的說法，她半個月前發生車禍，雙腿骨折，目前還在回診。雙腿包著石膏，看起來很痛的樣子。

郡家也透露，後來知道是沒有駕照的高中不良少年酒駕肇事，和解也成立了，所以應該與這次的委託無關。

宮子旁邊是她的未婚夫德丸昭博。德丸是當地資產家的長子，原訂明年春天舉行婚禮。宮子骨折後，德丸以探視爲由，頻繁出現在若櫻家。德丸身高修長，五官沒有攻擊性，看起來很有家教，年約三十。爲了繼承父親的製造公司，目前正在修練帝王學。

坐在桌子對面的是典子和她弟弟恭介。恭介長得一點也不像兩個姊姊和孝江夫人，臉型和身材都略嫌矮胖。據郡家所說，他長得比較像父親。我沒看過若櫻的長相，所以把他的臉再往上加三十歲來想像，總算在腦海中有個樣子。他今年二十歲，是家裡最年輕的人，但或許因爲是要繼承大位的兒子，坐在若櫻對面同樣是最深處的位置。

我們爲自己的姍姍來遲賠不是，並肩在典子旁邊落座。依序是麥卡托、我、郡家。郡家坐在最角落。

可想而知，全家人的目光都集中在當家的年輕友人，獨自穿著筆挺燕尾服的麥卡托身上。而麥卡托這邊想當然耳也口若懸河地對答如流。其中也不乏失禮的問題，但麥卡托始終泰然自若地談笑風生，連眉頭也不皺一下。大概把這裡當成談判桌上的一幕。他在這部分的反應眞不是蓋的，每次都令我佩服得五體投地。

只是有一點令人費解的是，他在客房裡對典子簡直是一見鍾情，死纏爛打地找她說話，如今卻對一旁的典子漠不關心，彷彿在溫室裡欣賞蘭花時已經對典子完全失去興趣了。原本有些戒心的典子似乎也很錯愕，但最後也跟大家有說有笑了起來。

不只麥卡托出乎我的意料之外，坐在我旁邊的郡家也不太對勁。他以一貫的拘謹將義式鯛魚冷盤和烤牛肉送入口中，但不知道爲什麼，完全不碰蘑菇濃湯。我還以爲他這種人就算有什麼不愛吃的東西，面對這種場合也會強迫自己吞下去。不知是否要彌補這一點，只見他每吃一口其他菜就頻繁地喝一口手邊的葡萄酒。

換作是平常的我，一定會專心地享用包括香煎紅喉在內的山珍海味，但自從知道我們受託而來的內幕後，滿腦子都是這些無關緊要的瑣事。

＊

夜深人靜，酒足飯飽之後，我和麥卡托、德丸、典子在隔壁的客廳把酒言歡。

孝江夫人八點半左右離開客廳去洗澡。宮子和恭介則早在孝江夫人去洗澡的三十分鐘前便各自回房。恭介說他還有大學的報告要寫。至於宮子嘛，典子語帶譏嘲地告訴我們：

「她是要給昭博先生織圍巾，得趕在下禮拜他生日前完成。兩人打得火熱呢。」

兩人的房間都在二樓，但宮子自從受傷以後就搬到一樓的客房起居。

儘管當面受到調侃，宮子的未婚夫德丸卻不以爲忤，害羞地搔了搔後腦勺。郡家大概是喝了太多葡萄酒，「不好意思，我先失陪了。」九點左右就回房間了。就他的性格而言，這也令人頗爲意外。

如此這般，剩下我們四個人，繼續從鳥取市的湖山池有種日本唯一的捕魚法，聊到海豹入侵引起尼斯湖水怪騷動，其樂融融。然而在討論到德丸公司的話題時，對於提早退休的意見產生了歧異。

先是德丸傾向於尊重員工意願的態度遭到麥卡托否定，麥卡托主張無論使出什麼樣的手段都應該開除沒有利用價值的人，最後還嗤之以鼻地笑著說：「不愧是大少爺，眞是不知人間疾苦。」

德丸氣得臉都紅了。從小養尊處優的他大概沒有人敢對他說教吧。

「喂，麥卡托，你吃錯什麼藥，太失禮了。」

難不成是喝醉了。他的酒量明明很好。

然而兩人的口角愈演愈烈，德丸瞥了一旁惴惴不安的典子一眼，站了起來。

「我先失陪了。」

然後踩著聲響大作的腳步離開客廳。與剛好寫完報告、走進客廳的恭介擦身而過。

「發生什麼事了？」

「沒什麼。我只是提供一點心得給將來要背負整家公司命運的年輕人罷了。爲了照顧員工的生計，也得聽聽老人言才行。」

說什麼老人言，他們根本差不到幾歲。而且別說是管理者了，麥卡托連當個上班族的經驗都沒有，當事人卻厚顏無恥地胡扯。恭介與典子大眼瞪小眼，一臉茫然地要我說明。

「眞不好意思，他偶爾會變得很古怪。」

總之今天麥卡托從頭到腳都很不對勁，可以說是壞事做盡。雖然本來就不是有常識的人，但不管是口香糖的事還是剛才的口角可能都會影響到偵探的本業。

我看時間也不早了，催麥卡托回房，但他不僅抵死不從，還突然開始向我們高談闊論蘭花的知識。

「恭介老弟，將來那個溫室會由你繼承吧。要是在若櫻先生這代就結束的話未免太可惜了，還是你願意原封不動地轉讓給我。」

發什麼酒瘋啊他。

這樣的演說持續了十分鐘，正當我不知該拿他如何是好時，客廳的壁鐘敲響了十點的鐘聲，麥卡托總算閉嘴了。

就在這瞬間，走廊上傳來女性高八度的尖叫聲。

我反射性地往外衝。

玄關大廳旁的樓梯前，宮子倒在橘色的燈光下，輪椅也翻倒在地。

「姊？」

恭介先衝上去，手忙腳亂地扶起宮子。或許是昏倒了，宮子沒有反應。

「姊！姊！到底出了什麼事？」

恭介喊了好幾聲，宮子總算醒過來，她睜開眼睛，發出短促的叫聲，把頭埋進弟弟的胸前。

「有人從樓梯上下來，突然撞了我一把。」

宮子指著通往二樓的樓梯。

「原來如此。妳有看到對方的長相嗎？」

麥卡托看了懷錶一眼，冷靜地問道。

「沒有。」宮子搖頭。「事情發生在一瞬間，而且光線又很昏暗。只不過，好像是男人……」

「真的嗎？妳確定是男人嗎？」
麥卡托向她確認。
「從體格上來看，還有足以推倒我的力量……」
事出突然，宮子似乎也不敢確定。
「然後呢，男人還做了什麼？」
恭介問道，宮子一再搖頭。摔倒的衝擊令她短暫地失去意識。
「不過我知道他去了哪裡。」
不愧是麥卡托，顯然在出事的同時恢復正常了。只見他大步流星地走向玄關，指著左右對開的門說道。厚重的橡木門有一條縫，晚秋的寒風從微微打開的門縫間灌進來。
「怎麼啦？」
孝江夫人從後面的房間探出臉來。她貌似剛洗完澡，穿著白色的睡袍，頭上還包著浴巾。另一邊則是正在收拾善後的幫傭船岡。
兩人看到宮子的模樣都連忙趕到她身邊，對恭介懷裡的宮子說：「沒事吧？宮子。」
然後一臉緊張地問麥卡托：「發生什麼事了？」
「貌似有賊入侵。」
「有賊？怎麼可能。是小偷嗎……」

「我也不知道。」麥卡托重新面向宮子：「宮子小姐，賊人手裡有拿什麼嗎？」

「我沒看清楚……事情眞的發生得太突然了。」

宮子依舊只會搖頭。船岡扶起翻倒在地的輪椅，一直抱著宮子的恭介這才把宮子放回輪椅上。幸好腳和石膏都沒有異狀。

「船岡太太，府上沒有警報裝置嗎？」

「家裡的警報裝置一向設定爲十一點啟動。是我太大意了，害大小姐遭遇危險。」

想必很自責吧。船岡以微弱得快要聽不見的音量低頭賠不是。

「船岡太太不用道歉，是我說要這麼做的。」孝江插進來幫她說話。「因爲我先生晚歸時通常都喝了酒，經常誤觸警報，所以才改到十一點啟動。」

就在這個時候，亂成一團的玄關門突然開了。

難道是賊又回來了？

所有人都繃緊神經。但進來的人是德丸。見我們的視線全部集中在他身上，一臉怔忡。

「怎麼啦？大家都在這裡。」

「你才是，怎麼會從外面進來？」

「哦，因爲我有點激動，所以去外面吹吹風，讓頭腦冷卻一下。沒想到太冷了，不只頭腦，連身體都凍僵了。別說我了，你們在做什麼？」

德丸狀況外地反問。宮子也已經回到輪椅上，開始冷靜下來，所以德丸完全不知道未婚妻遇襲的事。

「你在外面有看到誰嗎？」

麥卡托不解釋發生了什麼事，先問他。

「沒有。」

「你出去的時候門是關著的嗎？」

「當然是關著的。」

德丸還搞不清楚狀況，不溫不火地回答。但似乎也察覺到現在不是跟麥卡托鬧不合的時候。

「所以呢……到底發生什麼事了？」

「這麼看來，盜賊果然還是從玄關逃走了。問題是，賊人是從哪裡進來的。」

「賊？家裡有賊？」

「船岡太太，請妳去檢查一下保險箱。」

孝江突然想到似地命令船岡。後者連忙奔向一樓孝江隔壁的房間。

「一樓的話應該沒問題。」麥卡托自顧自地說道。「話說回來，少了一個人呢。」

彼此面面相覷後，發現少的那個人是郡家。而且他的房間在二樓。

「可能是喝醉睡著了，沒聽到動靜。」

話雖如此，但麥卡托會刻意提起這件事，肯定有他的用意。

「各位請一起留在客廳裡。盜賊可能還潛伏在屋子裡，我們去找郡家先生。恭介先生、德丸先生，麻煩你們照顧女士們。」

麥卡托做出指令後，催我上二樓。

郡家的房間在麥卡托隔壁。敲門後往裡看，沒有半個人。門沒鎖，燈也沒關。床上有睡過的痕跡，但如今已空無一人。

「不在嗎……還是從屋子裡逃走的人是他。」

我自言自語，麥卡托指著掛在椅背上的西裝外套說：

「這麼冷的天氣，沒穿外套就出去嗎？」

今天一整天，郡家都穿著那件深藍色的外套。

麥卡托戴著純白的手套，視線轉了三百六十度，在房裡搜尋，沒多久，目光焦點集中在房間深處的開放式衣帽間。隔間用的布簾拉開了三分之一。

麥卡托邁開大步走過去，用力拉開布簾。

「這也太慘了。」

麥卡托忍不住感嘆。上次出現這種反應是看到稀有的蘭花時。但這次的狀況完全不一樣。

我也連忙從麥卡托背後探頭看。也難怪麥卡托會感嘆了，因爲郡家的屍體用領帶吊在橫跨在衣帽間的鋼管上。

3

「遇害還不到三十分鐘。」

麥卡托邊驗屍邊喃喃自語。郡家的臉蒼白得怵目驚心，舌頭從嘴裡長長地伸出來。脖子有一圈深紅色的瘀血。看樣子是先被勒住脖子絞殺，再吊在衣櫃裡。

「美袋，現在幾點？」

房間裡的時鐘指著十點十分，與我的手錶一致。話說回來，他才剛看了胸前口袋的懷錶，所以大概只是要我做證。

「難道是盜賊殺死郡家先生後，想從屋子裡逃走，結果撞到宮子小姐嗎？」

「或許是吧。」

「問題是，爲什麼郡家先生會遇害？」

「你問我我問誰。這點還不清楚。先不說兇手怎麼知道他住在這個房間裡，光是他今晚要在這裡過夜就不知兇手是怎麼知道的。要不是若櫻社長今天回不來，他也不用來代打。」

「難不成兇手真正的目的是殺死若櫻社長。」

「你傻啦，若櫻社長的寢室在一樓。這裡只是剛好分配給郡家先生的客房。」

麥卡托邊說邊仔細地檢查遺體。

「後腦勺有受到毆打的痕跡。似乎是頭部受到重擊暈倒，再被這條領帶勒死。至於其他外傷嘛……嗯？我就知道。」

麥卡托臉上浮現笑容。

「你看他的舌頭，是不是有燙傷的痕跡。」

從嘴裡伸出來的舌頭表面又紅又腫。

「啊，眞的耶。怎麼會這樣？」

「你沒發現嗎？晚餐時他沒喝湯。」

「是有這麼回事。我也覺得很奇怪。」

我點點頭。

「不能只是覺得很奇怪，要想得深一點。」

麥卡托冷哼一聲。

「可是晚餐的菜色有這麼燙的食物嗎？」

義式鯛魚冷盤和烤牛肉不用說，就連主菜香煎紅喉也沒有熱到會燙傷舌頭。

「沒有，蘑菇濃湯的溫度也很適中。正因爲如此才能知道答案。而且你看他長褲的屁股部分，是不是有一點口香糖的殘膠。」

「這是怎麼回事。該不會是你故意黏上去的吧？」

「你神經病啊，我才不會做這種事。因爲沒人提醒他呢。」

麥卡托又自顧自地說著只有他自己懂的話，走出房間，直接下樓，又走進客廳，吩咐船岡報警。

「總之在警察來之前先簡單地了解一下狀況吧。」

麥卡托轉身面向所有人說道。語氣輕鬆得有如早上下床前先輕輕伸個懶腰。

*

「各位，我不只是熱愛蘭花的收藏家，還是銘偵探。」

麥卡托向大家說明自己是受若櫻委託才造訪此地的原委。後來也試圖要聯絡若櫻，但他沒有接電話。不只麥卡托，就連家人打給他也一樣，大家不禁擔心起他的安危，但他如果正在夜店喝酒，通常都不接電話，所以先不要去想他出事的可能性。

「出了這麼大的事，還有心情喝酒。」

夫人與女兒們都露出不滿的表情。看樣子本人的風評正在自己什麼也不知道的情況下一落千丈。

「還不清楚這起命案與委託內容有無關聯。但確實有人在我眼皮底下被殺了，身爲偵探，勢必得親手解決這起命案才行。還請各位多多幫忙。」

換作平常，或許會有人提出異議，但或許是郡家遇害的衝擊太大了，衆人都乖乖聽話。

「我想在警察來之前先請教各位的不在場證明。」

「你是指兇手在我們之中嗎？盜賊不是從門口逃走了？」

德丸大聲抗議。完全是意料之中的反應，所以麥卡托的回答也很快。

「這只是爲了謹愼起見，反正警察來了也會問這個問題。可以想成與其直接面對警方的訊問，不如事先預習一下。萬一不小心說出不該說的話，演變成府上的醜聞就糟了。」

麥卡托用要是被警方聽到可能無法善了的台詞說服大家。

「而且如果是警察問案，各位可得一個一個分開來獨自接受偵訊。就連宮子小姐或孝江夫人也不例外。」

「我明白了。你的意思是說，我們就算拒不配合也沒有意義。」德丸舉白旗投降。「……那我先回答吧。如你所知，我和你吵了一架，爲了讓頭腦冷靜下來，我從玄關走到庭園，抽了兩、三根菸，回來時就在玄關遇到各位了。」

「你離開客廳是九點五十分對吧？」

麥卡托不動聲色地糾正德丸是從「客廳」而不是從「玄關」離開。因爲他有充分的機會不是從客廳經由玄關去庭園，而是上三樓殺害郡家。德丸當然也意識到他語帶玄機。

「對。所以我沒有不在場證明。我也可以說我看到從玄關逃走的竊賊身影，但我不喜歡撒謊。」

「很明智呢。在我面前說謊只會自取滅亡喔。」

麥卡托以自信滿滿的態度輪流打量所有人。

「接下來換我吧。」或許是與麥卡托對上視線，恭介舉手回答。「我一直在房裡寫報告，寫完後就去客廳。與衝出走廊的德丸哥擦身而過。他的表情很恐怖，所以我有點嚇到。」

麥卡托一直顧左右而言他，不願告訴恭介他們爭執的理由，所以恭介顯然還耿耿於懷。

「沒什麼，不是什麼大不了的爭執喔，恭介老弟。只是有點意見不合。」

結果反而是德丸出來打圓場。從第三者的角度來看，這場爭端無疑是麥卡托不對，但他大概是認爲在這種情況下沒必要舊事重提。麥卡托也沒有深究。

「那麼直到九點五十分前，你都一個人待在房間裡嗎？可有聽見什麼聲響？」

「沒有……而且盜賊是在那之後才闖進來不是嗎？」

恭介詫異地反問。

「怎麼說？」

「因爲宮子姊遇襲的時間我記得是十點過後。」

只要壁鐘沒有被動手腳，應該是這樣沒錯。而且麥卡托在玄關大廳看過懷錶，所以動手腳的可能性趨近於零。

「兇手或許十點才逃離，但侵入的時間可能在更早之前喔。說不定恭介老弟還在寫報告的同時，兇手就已經在二樓殺了郡家先生。」

「別說了，好可怕。」

不知是否想像到那個可能性，恭介簌簌發抖。

「我在九點三十分洗好澡。」或許是爲了消除顫慄的氣氛，孝江夫人開口。她的聲音兼具氣質與威嚴。「爲了排毒，我進行了半身浴。」

「賢伉儷的房間在一樓呢。請問有聽到什麼不尋常的聲音嗎？」

「沒有。我洗完澡立刻問宮子要不要接著洗。說是洗澡，其實也只是用毛巾擦身體。她說她晚點再自己洗。」

「流很多汗或是要洗頭的時候得請母親或船岡太太幫忙，但今天還好。」

宮子補充說明。她的美貌比方才還要蒼白幾分，充滿了疲憊的神色。不知是因郡家之死大受打擊，還是想起撞倒自己的賊居然是殺人兇手，感覺餘悸猶存。

「母親是在九點四十分左右來我的房間。我不需要母親幫我洗澡，所以母親馬上就離開了……我八點從客廳回房後，就一直在房裡織毛線，所以整個過程中只跟母親說過話。」

「爲什麼要去玄關？」

麥卡托問道。

「毛線織到一個段落後，我想去客廳。經過走廊時，發現玄關門開著，心想是不是誰忘了關，想過去看看，就在下樓的時候……」

「且慢。」

麥卡托以嚴肅的語氣打斷她。

「妳被賊人攻擊以前，玄關門就已經打開了？」

「是、是的……大概是。」

宮子沒什麼信心地點頭，然後就這麼低下頭去。

「德丸先生，」麥卡托重新面向他，又問了一遍：「你從玄關出去的時候有關門嗎？」

「這個嘛……」德丸一時窮於回答。「剛才也說過，我認爲我關了。再怎麼氣急敗壞，我也不可能不關門就跑出別人家。」

德丸這次肯定地回答。

「我也覺得你不是那麼粗心的人。」麥卡托也表示同意。「這麼說來，兇手是在九點五十分以後潛入這個家，十點犯下兇案逃走。眞不可思議啊。」

「怎麼說？」

我不明白有什麼好不可思議的，問麥卡托。

「郡家先生先遭到毆打再被勒住脖子，以吊在衣櫃裡的狀態遇害。光是這麼做至少就得花上近十分鐘。等於是兇手把入侵府上的十分鐘都用來殺害郡家先生了。」

「也就是說，他的目的不是偷東西，而是爲了殺害郡家先生嗎？」

「可是……」德丸插嘴。「會不會是小偷在房間裡翻箱倒櫃時，被郡家先生撞個正著，失手殺死郡家先生後，害怕得逃走了？」

「倒也不是沒有這個可能。」

似乎不想浪費時間，麥卡托沒有針對這個可能性多加論證。他顯然想在警方抵達前蒐集所有人的證詞。如果只是小偷，應該會直接逃走，而不是把郡家吊死在開放式衣帽間。這點就連我也能推理出來。

在那之後，典子和船岡也各自自清。典子和麥卡托還有我一直待在客廳裡，所以沒有問題。只有九點三十分的時候去上過一次廁所，用時約三分鐘。船岡則爲了準備隔天的餐食，一直在廚房裡忙，聲稱沒有聽見任何不尋常的聲音。

「我明白了。」

麥卡托深深頷首。
「對了，請問下午有人跟郡家先生一起去事務室嗎？」
所有人都搖頭。
「還有誰，不就是你們嗎？」
船岡一本正經地回答。
「說的也是。我忘了。」
麥卡托笑得極為虛情假意時，耳邊傳來通知我們警察到了的警笛聲。

*

或許是名門大戶的命案不容許怠慢，被選中出現在我們面前的是一看就知道不好惹的資深刑警。外表看起來呆頭愣腦，唯獨眼神異常銳利，大概是那種見人說人話、人鬼說鬼話的類型。
刑警們紛紛湧向二樓的案發現場，麥卡托獨自前往事務室。
「去事務室做什麼？」
「你還不明白嗎。」
麥卡托推開鋁門說道。

「我們在車站前的咖啡館會面時，郡家的舌頭還沒有燙傷。否則他應該會點冰咖啡。而那家咖啡館溫吞的咖啡也不可能讓舌頭燙傷。然而到了吃晚飯的時候，郡家已經惡化到不能喝熱湯了。這段期間，我們幾乎都和郡家一起行動。過程中他自然什麼也沒吃。雖然在事務室泡了咖啡，但還來不及喝，我們就被船岡太太叫走了。唯一可能燙傷的時間只有送我們到客房之後。再加上他長褲的屁股部分黏著口香糖，那麼答案就呼之欲出了。郡家又去事務室喝了咖啡。有辦法被燙傷，表示他又重新泡了咖啡。還有，他明明說二十分鐘後來找我們，卻晚了十分鐘，也就是三十分鐘後才現身。或許這段時間發生了什麼事也未可知。」

麥卡托邊說明邊打開日光燈，直接走向隔板後面的流理台。

「杯子果然洗乾淨了。」

麥卡托大失所望地走出茶水間，轉而在室內調查。不一會兒，他的目光停留在某一處。

「你瞧，找到了。」

麥卡托喜上眉梢地歡呼，彷彿在地窖裡發現了財寶。

「找到什麼了？」

「口香糖啊。我黏在椅子上的口香糖。他似乎發現了，想丟掉，但還有一點殘留。」

我立刻想起屍體臀部的口香糖殘跡。

「也就是說，郡家果然來過這裡。不知道椅子上有口香糖，一屁股坐了上去。」

「大概是。只不過，這麼一來又多了一件不可思議的事。」

椅子一共有六把，隔著長方形的桌子，右側靠書櫃那邊和左側靠茶水間這邊各有三把。麥卡托的手此刻正放在左邊中央的椅子上。

「我懂了！」我以有如找到世紀大發現的嗓門大喊，麥卡托一臉得意地點點頭。

「看來你也注意到了。白天我坐的是靠書櫃那邊最後面的椅子。但那張椅子現在卻放在靠茶水間這邊的正中央，是不是很神奇？但這就是答案喔。」

志得意滿的笑容。我已經看過無數次這種笑容了。

「難不成，你已經知道兇手是誰了。」

麥卡托微微頷首。

「打鐵趁熱，開始解謎吧。」

＊

徵得女主人孝江的同意後，剛把現場檢查過一遍的刑警們不情不願地落得聽麥卡托推理的下場。我猜他們一定百般不樂意。

「那麼，我長話短說。」

麥卡托簡短地說明口香糖和燙傷的事後，提到了椅子遭移動的部分。

「請問各位，椅子爲什麼會移動？」

麥卡托高高在上地問道，可想而知誰也答不上來。尤其是刑警們，聽到一來不是案發現場，二來還沒檢查過的事務室，個個都愣住了。

「假設郡家途中發現口香糖，換了張椅子坐。因爲就算清掉口香糖，應該也不會想繼續坐在原本黏了口香糖的椅子上。因爲可能不只一個地方，說不定別處也沾了口香糖。事實上，椅子上還殘留些許口香糖，可見他是先移開椅子才除去口香糖。而且正常情況應該是跟旁邊的椅子交換。也就是說，黏了口香糖的椅子應該移到書櫃那排椅子的正中央才對。實際上卻不是這麼回事。不知道爲什麼，椅子移到對面，靠茶水間的正中央……那麼郡家就算坐在同一邊，也應該坐在右手邊，也就是長桌短邊靠窗的椅子上才對。」

「不是左邊而是右邊？窗邊沒有椅子吧。」

六張椅子全都擺放在桌子的長邊。我忍不住提出異議。

「如果是剛好把椅子放在本來沒有椅子的窗邊呢？」

「爲什麼？爲什麼會發生這種狀況？」

麥卡托微微一笑。

「只有一個可能性。有人來了，而且來到桌子旁邊時，發現椅子很擋路，把椅子移到窗邊。換句話說，來人有自己專用的椅子。」

麥卡托挑釁的視線望向坐在輪椅上的宮子。

「我嗎？」

宮子怯生生地問道。略帶咖啡色的雙眸瞪得比銅鈴還大。

「沒錯。基於某個理由，妳和郡家約在事務室談話。發現椅子很擋路，所以暫時移到窗邊。椅子都有輪子，所以很容易移動。郡家比妳晚到，坐在椅子上才發現口香糖，於是和窗邊的椅子換過來坐。然後在結束談話要離開的時候，一板一眼的他把沾到口香糖的椅子放回空位。大概是想晚點告訴船岡太太口香糖的事吧。這麼一來就能解釋沾到口香糖的椅子爲什麼會移位了。」

「你給我等一下。」

資深刑警以尖銳的聲音打斷麥卡托。

「照你這麼說，椅子應該移動到被害人的正對面吧？也就是茶水間那一側最靠近窗的位置。爲什麼會移到對面的正中央呢？」

「一點也沒錯。不愧是資深刑警，看來這些年沒有白幹呢。相比之下，我們家的美袋就……」

麥卡托似乎很樂在其中地眯細了雙眼。

「那麼再把剛才的推理稍微展開一下吧。沾到口香糖的椅子之所以移動到靠茶水間那一側的正中央，是因爲宮子小姐坐在那裡。但這樣會有點不自然。因爲這樣郡家等於是和宮子小姐各自坐在長桌的斜對角說話呢。既然如此，假如郡家的正前方、宮子小姐的左手邊還有一個人，而那個人才郡家主要的說話對象呢。」

「也就是說，事務室一共有三個人嗎？」

刑警佩服地大聲感嘆。這原該是我的反應，所以我也不甘示弱地問麥卡托：

「那個人是誰？」

「等一下，我沒有……」

麥卡托對宮子有氣無力的抗議視若無睹，不改威嚴的態度繼續說：

「宮子小姐確實不是主嫌。因爲她的腳骨折，上不了二樓，也無法在衣櫃裡吊死郡家。但是反過來說，這也可以說是爲了排除宮子小姐的嫌疑，故布疑陣，才把郡家吊死在衣櫃裡。如此一來，我又產生一個再自然不過的疑問。亦即宮子小姐爲主嫌做了什麼？」

「製造不在場證明嗎？」

刑警抱著胳膊，喃喃自語。又被他搶先了。

「沒錯。宮子小姐如果是共犯，摔倒一事就可能是自導自演。宮子小姐遇襲的時間是十點，當時兇手根本不在場。這麼一來，宮子小姐遇襲時有不在場證明的人反而很可能就是兇手。」

不知是否被麥卡托說中了，宮子的臉色不只鐵青，還開始抽搐。麥卡托語帶威脅地輪番打量所有人。

「十點有不在場證明的人只有我和美袋、典子小姐、恭介老弟等四人，其他人都沒有。德丸兄本來就在外面，孝江夫人和船岡太太也可以先出去，再從窗戶回房間，所以不在場證明並不完美。至於有不在場證明的四個人當中，我和美袋在郡家離開後一直待在客廳，所以完全沒有動手行兇的機會。但恭介老弟十分鐘前才出現在客廳裡，典子小姐也曾經離開過三分鐘。」

「你是說，兇手是我或典子姊嗎？」

恭介摘下柔和的假面，目露兇光。

「不是你或典子小姐。就是你喔，恭介老弟。因為你和郡家在事務室密談時，典子小姐一直在和我們聊天。」

＊

案件在一天之內全部落幕了。

宮子和恭介雖然是親姊弟，卻產生了肉體關係。郡家察覺到這點，質問宮子，逼宮子向德丸退婚，嫁給自己。這傢伙一本正經是眞正經，一往情深也是眞情深。

未能從破案的興奮中冷卻下來，我在麥卡托的房間與他共飲。麥卡托似乎也得來一杯才能睡著，爽快地陪我喝酒。

「所以是若櫻社長發現姊弟亂倫，委託你調查嗎？」

「怎麼可能。」麥卡托一飲而盡，又倒了一杯葡萄酒。機靈的女佣準備了紅白兩種葡萄酒，但今晚的麥卡托似乎比較想喝白酒。「怎麼可能委託我這個外人調查自己人的最高機密。比起委託外人，如果他懷疑姊弟有姦情，應該會自己找兩人來問話。因爲他可是一家之主。他大概只是想向我炫耀那些蘭花吧。他大概也很清楚，如果不裝神弄鬼地假裝委託我，我才不會來。但得知我是偵探的郡家並不這麼想。這也是人之常情，所以想趁我展開調查前，先逼宮子答應與他結婚。」

無論對郡家還是對恭介和宮子來說，麥卡托都是不速之客。但始作俑者其實是以沒有實質內容的委託讓情勢更加惡化的若櫻吧。

「眞是令人難以接受的結局啊。要是能有個圓滿大結局就好了。」

宮子與恭介被捕後，典子應該會成爲若櫻家的繼承人，勢必得放棄成爲小學老師的夢想。孝江的兩個孩子都成了殺人犯，德丸的未婚妻則是共犯。所有人都變得不幸。目前大概還在沖繩的夜店裡飲酒作樂的若櫻聽到這個消息……眞不敢想像。

「別太天真了，又不是你破的案。兇殺案就是這麼回事，給我懂事一點。」

麥卡托露出了無生氣的笑容，把酒杯湊到嘴邊。

「不懂事嗎？這麼說來，你這次也不太懂事呢。」

我平常很少評論麥卡托的推理，或許是在酒精的催化下，忍不住吐露出內心積憤。

「你在胡說什麼。」

麥卡托把杯子放在桌上反問。聽得出來他的音調降低了幾度。

「我說錯了嗎。你只是剛好把口香糖黏在椅子上才發現兇手是誰吧，眞是太幸運了。還是你要說你早就知道事情會變成這樣，才故意把口香糖黏在椅子上，就連你也說不出這種話吧。」

我愈說愈害怕。因爲麥卡托的態度太坦然了。如果是他，說不定眞的會這麼做……這麼讓我相信。

今天確實是我第一次看到他喳喳作響地嚼口香糖。不僅如此，今天的他還有一些跟平常不太一樣的地方。像是在房裡叫住典子，東拉西扯地聊到郡家回來。因此她的不在場證明才能成立。還有在客廳裡莫名其妙地找德丸吵架，把他氣得跑出去，因此沒有不在場證明，反而排除了嫌疑。以及在溫室裡專心地欣賞蘭花，拖過晚餐時間才匆匆地前往餐廳。一直與郡家寸步不離，才能鎖定他燙到舌頭的時間。

如果沒有發生這些事……應該無法如此迅速地鎖定兇手。感覺理性與感性都被吞噬了。這絕不只是酒精的推波助瀾……應該不是。

「我是銘偵探，所以經常成爲衆人口中的傳說。可能是神，也可能是無法用常理解釋的東西。」

極度冷靜沉著的語氣，有如從地底發出來的聲響，一點也不像麥卡托本人。

「……我好像喝得太醉了。」

我搖搖晃晃地站起來，扶著牆壁，走回自己的房間。

一路上都沒有回頭。

麥卡托騎士

メルカトル・ナイト

1

「好像有人要我的命。」

以閨秀作家[1]打開知名度的鵠沼美崎造訪麥卡托鮎的事務所是八月中的事。

在溫室效應成爲大問題的情況下，大阪也不例外地熱死人，即使過了盂蘭盆節[2]仍是酷暑的艷陽天。刺痛皮膚的陽光與冷氣室外機吹出的熱風混合成一波波熱浪，導致街道看在視線模糊的眼中都成了扭曲的影子。我幾乎是用爬的從最近的車站爬到麥卡托開著冷氣的事務所，但是出現在午後的美女作家卻連一滴汗也沒有。

她是住在神戶的知名作家，提名過好幾次文學獎，有時也會接受雜誌或報社的採訪。我看過她與大紅色保時捷愛車一起入鏡的報導，今天大概也英姿颯爽地停在事務所門口吧。

「美女作家」並非我個人不入流的評價，而是媒體對她的一貫形容。當然，看在我眼中，鵠沼美崎確實是個美人沒錯。

---

1 意指女性作家。

2 日本的中元節，是日本人追思祖先的重大節日，一般為農曆七月十五日。

小麥色的健康肌膚、五官立體的長相、咖啡色的短髮、穿著白襯衫與紅褲子。比起女人味，洋溢著更多男孩子的氣質。紅褲子似乎是她的註冊商標，從出道時就一直這樣穿。

「從上個月就一直發生奇怪的事……」

美崎坐在會客室，對面前的麥卡托說道。我在電視裡看到的那種光燦耀眼的笑容如今已不復見，臉上只剩下憂鬱的陰影。

她主要活躍在純文學的領域，因此是個和我這種小眾的推理小說作家，不管是創作類型還是知名度都八竿子打不著關係的人。可想而知這是我們第一次見面，對方似乎連我的存在都一無所知。

我不確定麥卡托與她原本就是舊識，還是前幾天接到委託的電話才開始調查她這個人。

「妳比作者近照還漂亮呢。」

麥卡托難得地發出恭維。美崎嫣然一笑，欣然接受他的讚美。

她在二十一歲以新人獎的佳作出道時，還有另一個人也得到了相同的獎項，兩人被稱爲兩大美女作家，掀起話題。不過兩人風格迥異，美崎健康、充滿活力。另一位美女作家──藤澤葉月──則給人文靜且神祕的印象。

相較於美崎偶爾會上電視或在雜誌上露臉，葉月的出鏡率與知名度不成比例。但也不算是閉門不出的蒙面作家。獲得知名文學獎時還是會上台領獎，書迷也會在社群網站描述她出席簽名會的樣子，一般作家該參與的活動她都會參與，只是比除了本業以外也從事各種光鮮亮麗活動的美崎低調多了。

從這個角度來說，包括文風在內，兩人沒有太多共通點，即使出道至今已經七年，仍經常有人拿兩人比較。可見出道當時給人的印象太鮮明強烈了，但這或許與兩人都住在關西不無關係。印象中葉月好像與愛犬住在關西機場附近。

當然，我也沒見過藤澤葉月。

「所以呢，具體發生了什麼事？」

麥卡托把絲質禮帽置於一旁，催促她往下說。美崎表現出一瞬間的遲疑。

「我收到一個紅色的信封，信封裡只有一張方塊K的撲克牌。」

「方塊K嗎？」

「隔天又收到方塊Q。再隔天則收到方塊J。每天都裝在信封裡寄來。除此之外什麼都沒有，只有撲克牌。」

「倒數的意思嗎？可是為什麼是方塊，又為什麼要裝在大紅色的信封裡呢？」

麥卡托以平靜的口吻問道。他的視線始終落在美女作家的紅色長褲上，一臉胸有成竹的樣子。只不過，憑我們多年的交情，我知道這意味著他還沒有真正對委託產生興趣。

「我不知道。或許因為紅色是我的代表色。」美崎搖頭。「方塊一直寄到A，第二天換成紅心K。再隔天則是紅心Q。」

「從方塊變成紅心繼續倒數啊。妳有把收到的撲克牌帶來嗎？」

麥卡托似乎有點感興趣了。

「有的。」美崎拿出一個小巧的保鮮盒。「連同今天早上送到的紅心4在內，裡頭有二十三張牌。」

麥卡托打開保鮮盒，拿出撲克牌。背面描繪著天使騎腳踏車的圖案，是隨處可見的撲克牌。他仔細地觀察了十分鐘左右。

「撲克牌本身似乎沒有任何不尋常呢。信封有帶來嗎？」

美崎從皮包裡取出紙袋。裡頭有大約十個明信片大小的紅色信封。她說最早的幾個信封被她丟掉了，只剩下這些。

信封上只有用打字的方式印了地址和美崎的名字。地址都是飯店名稱。翻到背面，不見寄件人的姓名。

「妳住在飯店裡啊。」

麥卡托問道。

「進入八月後，我就把工作據點轉移到度假飯店了。起初還以爲是惡作劇，不想理會，但是自我搬到飯店的隔天，信封不是寄到家裡，而是改寄到飯店裡，我不禁開始感到害怕……」

美崎忐忑不安地看著麥卡托。

「原來如此。位於和歌山白濱的度假飯店啊。」

麥卡托看著信封上的地址，進行確認。

「郵戳都是大阪市北區的中央郵局。只要前一天上午寄出，或許就能剛好在隔天寄到。」

北區的中央郵局是介於大阪車站與大阪市公所之間的郵局，想也知道經手的郵務量非常龐大。

「有誰知道妳搬去飯店住嗎？」

「這個嘛……」美崎欲言又止。「這幾年，我每年都會去度假，所以朋友及各大出版社的責任編輯都知道。就連明年的房間也已經訂好了。」

「也就是說，只要是妳身邊的人，沒有人不知道。就連妳的書迷也是嗎？」

「我曾經在散文裡寫過夏天去度假村的事，但一般人應該不知道具體的地點及日期，以及我每年都住同一家飯店的事。」

「原來如此，我總算明白妳困惑的原因了。因爲寄件人可能不是瘋狂的書迷，而是妳身邊的人對吧。」

美崎低頭默認。

「眞的嗎？妳也知道紅色信封或撲克牌的用意嗎？」

麥卡托追問，美崎靜靜地搖頭。

「如果是更具體的恐嚇內容，我或許也會有頭緒，知道該怎麼應付，但如今真的有如陷入五里霧中……」

「光靠這樣確實無法判斷犯人是不是來真的呢。通常故意寄信恐嚇是期待能看到對方恐懼、害怕的樣子，但這麼做有點不上不下。眼下從妳處之泰然的態度來看，顯然沒有那麼害怕。」

「不愧是名偵探。」

美崎笑得露出雪白的牙齒。有如齧齒類的門牙又白又大。

「我不喜歡莫名其妙地單方面受到威脅。」

沒想到她的性格意外地不服輸呢，我出神地凝視她的側臉，結果反而被狠狠地瞪了一眼。我連忙移開視線。

「妳委託我調查是因爲嚥不下這口氣，想報一箭之仇嗎？」

麥卡托也展顏一笑。看樣子委託內容十分對他的胃口。

「當然也想請你幫忙調查，但最主要的原因是因爲三天後肯定就會收到紅心A了。我擔心那天晚上會遭遇不測。」

「沒問題。紅色信封和紅色的撲克牌。妳的代表色也是紅色。紅心A極可能是最後的倒數呢。」

「幸好飯店還有一個空房間，應該可以給你住。飯店那邊由我去打點。」

「好的，那我就三天後過去打擾，在那之前我會先展開調查。可以把信封和撲克牌暫時交給我保管嗎？」

「可以，麻煩你了。要是麥卡托先生能來，我就放心了。」

美崎如釋重負地微笑。不同於方才的表情，顯然眞的打從心底鬆了一口氣。

「不過還是請妳提高警覺。因爲倒數計時隨時可能依犯人的心情改變。」

麥卡托也沒忘了提醒她。

「好的，到時候我會馬上通知你。」

目送鵠沼女士踩著比來訪時輕盈許多的腳步離開事務所後，我問麥卡托：

「麥卡托，萬一得知鵠沼美崎委託你，犯人會不會提早採取行動啊？」

「我不敢說完全沒有這個可能性，但不至於吧。」

麥卡托用食指轉動絲質禮帽，爽快地否認。我想知道他哪來的自信，問他理由。

「因爲如果不希望她找別人商量，犯人一開始就不該做出倒數計時的行爲。尤其是一天天倒數。就跟怪盜的預告信一樣，只要當天提高警覺就行了。」

「所以你爲了搞清楚背後的動機……」

「不寄撲克牌給她，她就不會有任何戒心，要做什麼都很容易吧。既然刻意引起她的注意力，背後一定有什麼動機，否則你不覺得這是自找麻煩嗎。」

「也就是說，三天後一定會發生什麼……該不會只是單純的惡作劇，犯人什麼也不做吧。」

麥卡托搖搖頭。

「你也太樂觀了，犯人一定會有所行動喔。」

「你爲何能說得如此篤定？」

「因爲撲克牌的倒數計時太不痛不癢了，無法期待警方出動。如果眞想嚇唬她，大可寄出殺人預告。這麼一來，美崎女士會更害怕，警察也不得不出動吧。如果只是惡作劇，沒打算行兇的話，預告反而應該更激烈才對。因爲就算讓警察或機動隊，甚至是自衛隊集合在飯店保護她，只要不採取行動，就等於沒犯罪。犯人卻沒有這麼做，表示他確實有行兇的意思。」

「這是爲了就算用最新的科學手法找出犯人，也能辯稱自己只是惡作劇嗎？」

信封和撲克牌都是很普通的產品。但是從打字的特徵可以鎖定印表機或電腦的機種，貼郵票時可能不小心留下了唾液或指紋，滿大街小巷的監視器或許也拍到了犯人寄信的身影。不小心暴露身分的可能性不是沒有。

「確實有這個可能性。但如果犯人是她身邊的人，就算能逃過法律上的制裁，也無法過她那一關吧。依她的性格，大概會跟對方老死不相往來。」

2

三天後的下午，我與麥卡托前往白濱。美崎開著那輛火紅的保時捷來車站接我們。美崎一路上簡單地向我們介紹了白濱的觀光景點，那裡是圓月島、那裡是白良濱等等。

今天早上收到紅心A的撲克牌，終於來到倒數計時的最後一天，但她卻十分開朗。我無從判斷是因為她沒有體認到事情的嚴重性，還是因為麥卡托來了令她感到安心，又或者是強裝開朗。

沒多久，度假飯店便映入眼簾。提到南紀白濱，除了熊貓[3]，最有名的莫過於三段壁，三段壁是綿延兩公里的六十公尺高懸崖峭壁，這家度假飯店也蓋在壁立千仞的斷崖上。就連豪奢的飯店入口都能聽見海浪拍打岩石的聲音。

美崎住在飯店頂樓——七樓角落的房間。不負度假飯店的美名，每個客房的面積都十分寬敞，尤其是七樓的套房更加寬敞。

3　日本和歌山的白濱地區有一座樂園「冒險大世界」，是日本飼養熊貓的大本營。

除了圓形天花板安裝著水晶大吊燈的客廳還有兩間臥房。時尚的客餐廳有著酒吧般的吧台。光是客餐廳的空間就足以讓我好好地過日子了。單以隔間而言，大概是２ＬＤＫ[4]，但是比我想像中的２ＬＤＫ大了兩倍不止。

飯店的一樓似乎有個露天溫泉，但是想當然耳，套房也有自己的室內溫泉。玻璃落地窗外遠遠地可以看見太平洋的水平線反射耀眼的陽光。座向朝西，所以無邊界浴缸的溫泉與遠方的水平線融爲一體，日落景觀美得令人屏息，充滿幻想的氛圍。

「我就是衝著這個景觀才每年都訂這個房間。」

「不愧是一流作家，格局就是不一樣呢。」

麥卡托大拍馬屁。他對我說話總是綿裡藏針，這也差太多了，我對她反而嫉妒不起來。嫉妒這種情緒只會產生在差異不大的時候。

「我哪是什麼一流作家啊。只是因爲得了一個獎，後來就受到肯定了。」

美崎謙遜地說。

「不不不，爲了給後進帶來夢想，您大可自稱一流作家，更積極地公開這種優雅的生活喔。」

4 兩房兩廳一廚房。

「聽說你是孤高的偵探，麥卡托先生果然不是正常人呢。這麼做不僅不能給後進帶來夢想，只會讓同業覺得我是個討厭的女人。」

「以您現在的地位還需要在意同業的看法嗎。身爲作家，您已經成功了。」

麥卡托一臉意外地挑眉。

「美袋這傢伙明明還一無所成，也每天怡然自得地過日子喔。」

「別這麼說，人各有志嘛。」

我確實沒資格怡然自得地過日子，但話鋒突然轉到我頭上，我只能這麼回答。想在女性面前打腫臉充胖子是男人的天性。

「話說回來，眞的不用換房間嗎？」

我看著似乎可以容納一頭大象的偌大室內問道。已經過了盂蘭盆節，度假村的客人也過了高峰期，這家飯店顯然也多出很多空房間。幾乎沒有人像美崎這樣一住就是一個月的。如果是盂蘭盆節前夕另當別論，現在應該可以隨意換房間。

聽我這麼說，美崎的目光變得有點尖刻。

「要是換房間，感覺好像認輸了。」

「您眞是不服輸呢。」

我想起在麥卡托的事務所似乎也有過同樣的對話。

「讓你見笑了……但也因為不服輸，我才能走到今天這一步。」

那天之後，我趕忙看了三本鵠沼美崎比較有名的作品，書中都是些個性鮮明、巾幗不讓鬚眉的女主角，充分體現出她剛才說的話。為了愛情及信念，即使要與他人發生衝突也在所不惜。

「您就是這種人呢。不過偶爾也該過點收起鋒芒的生活。但您大概會覺得很無聊吧。」

麥卡托難得說出有如人生導師的台詞。美崎嫣然一笑。

「倒也沒有別人以為的那麼無聊喔。更何況……這也關係到我的創作動力。」

「那就好……」

不理會麥卡托的苦口婆心，美崎回到客廳。

「所以我想請二位在這個房間過夜。」

如前所述，套房是2LDK的構造，其中的兩間臥室和室內溫泉都面向西側的海洋。美崎習慣使用左側的房間，隔壁的房間給朋友或編輯來玩的時候可以住。

「當然，不管是朋友還是編輯，我只讓女性在這裡過夜。」

她趕緊補上一句。或許是因為要上電視，也得提防這方面的醜聞才行。室內溫泉在最右邊，前面是脫衣服的地方和洗臉台等等，房門在客廳的北側。

美崎指的是正中央的臥室。

「原來如此。」我說。

因爲她說準備了隔壁的房間給我們，我還以爲是另一個房號的房間。如果是飯店的隔壁房間，確實要思考該怎麼防止被人偷襲，但如果在同一個套房就不用擔心了。

我面帶羞赧地說明自己的誤解後。

「抱歉，是我沒有說清楚。而且隔壁房間已經容滿了，想訂也訂不到。」

「您剛才說只讓女性友人和編輯在這裡過夜，偵探是男的沒問題嗎？」

麥卡托提出再自然不過的疑問。

「我決定相信麥卡托先生的風評。」

「這是我的光榮。」

麥卡托的頭上還戴著絲質禮帽，輕佻地行了一禮。

這麼說來……關西還有一位大名鼎鼎的女偵探，美崎爲什麼會找上麥卡托呢？這點令我有些在意。他在偵探業界也很有名嗎？美崎還稱讚他是「孤高的偵探」。我對這一行不太了解，實在很難把這個稱呼跟麥卡托聯想在一起。

「總之我先檢查一下。」

我把行李放進房裡，回到客廳，麥卡托已經走進美崎的臥室。我也趕緊跟上。

臥室貌似也兼作書房，漆成正紅色的木桌上除了筆記本電腦以外，還有堆積如山的厚重資料本。偷偷瞄了一下標題，主要是與和倉溫泉及七尾城、花嫁暖簾號觀光列車及能登島有關的資料。大概是要寫以能登爲舞台的小說吧。要是一直盯著看，可能會被懷疑是商業間諜，所以我跟著麥卡托走到陽台上。左右對開的法式窗戶，與隔壁的臥房共用一個陽台，但中間以隔板隔開，無法共通。

陽台的扶手高至胸口下方，從陽台探出身子，可以將波平如鏡的太平洋盡收眼底。沒有玻璃遮擋，亮度比室內溫泉更高，反射的陽光幾乎刺得人睜不開眼。望向左右兩邊，綿延數十公尺的斷崖隔絕了海岸線，是白濱的自然景觀之一。

正下方可以看見飯店腹地內的步道與綠意盎然的草皮。建築物與斷崖之間有十五公尺的距離，從七樓看下來只是一條走廊的距離，讓人陷入彷彿要直接墜落海洋的錯覺。

左邊的房間同樣也有突出的陽台。距離很近，大概只有兩公尺。

麥卡托看了看隔壁的陽台，隔著窗簾確定室內開著燈。

「看來確實有人入住呢。」麥卡托喃喃自語。

然後再抬頭往上看。因爲是頂樓，頭上沒有陽台，而是用來代替雨遮，往外突出的屋簷。

「看來也很難從上面潛入，但今晚請絕對不要出來陽台。一定喔。」

麥卡托再三叮嚀美崎。他的語氣很認眞，所以美崎也一臉乖順地點頭。

「你突然進入工作模式了。」

「身爲偵探，必須排除所有不安要素才行。總之這是爲了以防萬一。再說了，美袋這傢伙可能會被您的姿色迷惑，做出什麼壞事也說不定。」

麥卡托恢復柔和的語氣，美崎也笑著說：

「別看我這樣，我對自己的運動神經還挺有信心的。我的體育成績從小就比男生好。美袋先生應該不是我的對手。」

或許是比較熟悉了，兩人都以取笑我爲樂。

她從襯衫及長褲探出的手腳瘦歸瘦，確實很結實。作家分成像我這種過著不規律的生活，消耗生命力的類型，和正好相反、比常人更致力於維持健康的類型。她或許是後者。大概是隨時意識到世人正透過雜誌及電視等媒體審視著自己吧。倘若不只一般的健身房，還加入格鬥系的訓練，那麼確實如她所說，我應該不是她的對手。

美崎沒有我以爲的那麼害怕，或許是因爲有體力背書也說不定。如果是那種只敢用撲克牌嚇唬人的陰險窩囊廢，說不定她一個人也足以應付。

麥卡托回到臥室，檢查開放式衣帽間。如果有人躲在美崎的臥室，不是床下就是這裡吧。但兩處都沒有半個人影。

不過，開放式衣帽間的天花板有個通往天花板裡面的開口。

「剛好有梯子。可以麻煩你爬上去檢查一下嗎？」

麥卡托指著立在衣櫃旁的折疊式梯子命令我。還以爲高度超過一公尺的全新梯子是鋁製的，但意外沉重。看樣子其實是鐵製的伸縮式梯子。

我想檢查天花板，但入口鎖上了，打不開。

「這樣反而沒問題吧。再怎麼高級的飯店，走在天花板裡不可能不發出腳步聲。話說回來，這把梯子還眞好用啊。」

麥卡托吃力地舉起梯子，拿出衣帽間，一屁股坐上去。踩腳的部分比普通的梯子還要寬，剛好可以用來代替椅子。

「坐的地方也很充裕，正適合不眠不休地守夜呢。靠背的姿勢也很符合人體工學。」

穿著燕尾服坐在鐵梯上的樣子實在很滑稽，但他似乎是認眞的，一骨碌地站起來說：

「這個今晚可以借我一用嗎？」

沒頭沒腦的要求令美崎難掩困惑。

「這都是爲了您。」

不等美崎回答，麥卡托語氣生硬地強調，因此她也只好同意。

或許她終於開始後悔自己誰不好委託，偏偏選上不按牌理出牌的麥卡托……美崎一頭霧水的表情明顯地述說這一點。

麥卡托把梯子放進我們的臥房後，從皮包裡拿出貌似對講機的物品，塞進我手裡說：

「用這個檢查室內有沒有竊聽器。」

「我嗎？」

「這是你的工作吧。」

不由分說的口吻。當他說到這個份上，就已經由不得我反抗了。問清楚使用方法，從玄關檢查到置物櫃，再檢查到洗手間，地毯式地搜索了一遍，然而感應器一點反應也沒有。

「似乎沒有竊聽器。」

二十分鐘後，我向麥卡托報告成果，麥卡托儼然是自己的功勞向美崎邀功。或許是根據截至目前的你來我往，美崎已經掌握到與麥卡托交手的訣竅了，向他說了聲謝謝。眞是莫名其妙的鬧劇。明明這二十分鐘，麥卡托只是有說有笑地與美崎享用下午茶。

儘管沒有費太大的勞力，但我在心裡發誓，不管有什麼結果，一定要把這個案子寫成小說。女主角的名字是……就叫片瀨江子好了。

我在心裡撂下狠話，但她隨後便偷偷地向我道謝，所以我決定重新考慮。

＊

如此這般，夜色開始籠罩大地。吃完晚餐已經八點了。聽說美崎平常都是在飯店或附近的餐廳吃飯，今晚爲了愼重起見，叫了客房服務。

因爲萬一出去用餐時，犯人在房裡安裝竊聽器就糟了，我的二十分鐘將竹籃打水一場空。

雖說是客房服務，但也不是粗製濫造的餐點，而是請進駐飯店的日本料理店，製作以石斑魚爲主的綜合生魚片拼盤及小火鍋等等，全都是令人大飽口福、嘖嘖稱奇的山珍海味。光是能享用到這麼豐盛的大餐，這趟跟麥卡托來就值回票價了。

吃飽飯後，美崎去室內溫泉泡澡，快九點才吹乾頭髮、換好衣服出現在我們面前。她穿的應該是睡衣吧，看起來比白天輕便許多，但依舊是紅色的長褲。

「麥卡托先生，你要喝酒嗎？」

以蕭邦的鋼琴曲爲背景音樂，美崎從客廳角落的酒櫃裡拿出一瓶紅葡萄酒。不清楚牌子，但恐怕頗有年份。

「要。」麥卡托意外老實地接過酒杯。我還以爲他會拒絕，不由得大吃一驚。

「美袋先生呢？」

「他就不用了，因爲他接下來要徹夜不眠地守著。也就是所謂的勞力擔當呢。」

既然他都這麼說，我也只能乖乖聽命。只要想成是石斑魚的代價，倒也不算太昂貴。只是什麼時候決定由我一人守夜來著？

「鵠沼老師呢？您應該是烈酒派吧。不只葡萄酒，似乎什麼都喝。」

麥卡托看著吊櫃裡倒掛著酒杯，有如葡萄酒吧的餐廳問道。廚房後面的酒櫃裡擺滿了白蘭地。

「我也不喝了。還是有點不放心，萬一睡著時被偷襲就死定了。」

美崎刻意看了我一眼。誰要偷襲她啊。

「可是……」麥卡托轉移話題。「剛才看到堆積如山的資料，您來度假飯店還要工作啊。」

「不工作的話，我會坐立不安，也許已經變成工作狂了。不過今天還是休息一天吧。」

「畢竟度假的本意是『隨心所欲』呢。如果您眞的喜歡工作，那也沒辦法。但您已經得到財富，也得到名聲了，是什麼讓您變成工作狂呢？」

我才在想麥卡托也管太多了，定睛一看，他的葡萄酒杯眨眼間已經見底了。難不成他算準了犯人今晚不會採取行動？我不禁有這個直覺。

「萬一今晚什麼事都沒發生會怎麼樣？」

「那麼明天可能會收到梅花K。」

「也就是說，還要再折磨我二十六天嗎？」

「如果有時間，應對的方法要多少有多少。站在我的立場，要是您能早點來找我商量就好了。」

「抱歉。」美崎低下頭去。「因爲我一直不確定要不要認眞處理這件事。」

「罷了，只是收到撲克牌的話，這也是很自然的反應，不是您的錯。只不過，我還以爲您比普通人更有決斷力。拜讀您的戀愛小說後，我一直如此相信。所以不免有些遺憾。」

風似乎變得強勁了些。這個房間是邊間，所以廚房角落有一窗小小的出窗。風壓把那扇窗戶吹得卡答作響。

「恕我直言，我不太喜歡戀愛小說這個說法。」

「是嘛。」

麥卡托停止搖晃自斟自酌的葡萄酒之手。

「我不知道別人怎麼樣，但我寫的是女性小說，愛情只是其中一個面向……。若歸類爲戀愛小說，會顯得女性好像幾乎都把重心放在愛情上。」

「但是在我看來，愛情似乎在鵠沼老師的小說裡占了相當大的比重。」

「沒錯。小說裡的人物確實都受到愛情的捉弄，但是背後還有比這個更大的命題。我接受採訪時也總是這麼回答，我寫的並不是愛情羅曼史，而是成長小說。這是我從出道當時就堅持到現在的中心思想。現在也開始描寫同世代的煩惱等等，但主角要克服的永遠都是各種生的問題。爲了在這個社會找到自己的容身之處。」

美崎說的話帶著熱情，對麥卡托的反駁也變得略顯強硬。

「那眞是不好意思。我爲我的沒有見識向您賠罪。」

麥卡托摘下絲質禮帽，低頭致歉。

「因爲我看的雜誌同時提到您與藤澤葉月小姐，稱二位是戀愛小說的旗手。」

「藤澤小姐是很優秀的戀愛小說寫手，她筆下的人物爲了愛情可以放棄一切。但我寫的是女性小說，兩者似是而非。所以……」

我立刻發現麥卡托踩到她的地雷了。兩人從出道當時就是把對方當假想敵的競爭對手，肯定不想被相提並論吧。

就連還在地上爬的我也有一兩個這樣的競爭對手，更何況是功成名就的人。

「這就是雜誌不對了。您都已經強調了這麼多次，還有編輯搞不清楚狀況，這個行業也眞是亂七八糟……不過您年輕的時候，愛情應該占了很大的比重吧。」

麥卡托若無其事地搖晃酒杯。他彷彿這才發現自己喝到見底了，道了聲「失禮」又爲自己倒了一杯。美崎冷冷地看著他這一連串的動作。

「愛情確實是很大的要素。我也曾經被愛情搞得暈頭轉向，看不見前後左右，這部分也一五一十地寫在小說裡，不過接下來才是重點。記取教訓的前方一定有什麼收穫。」

「原來如此。這的確是很符合您這種百戰百勝的贏家美學呢。我也喜歡贏，所以我會爲您加油喔。但偶爾輸一次或許也不錯呢。跟偵探不一樣，輸了也不會沒命。」

「如果有什麼是輸了才能得到的東西，那最終不也是一種勝利嗎。」

美崎似乎也認眞了起來，明明一滴酒也沒喝，卻愈來愈激動。

「有道理。眞是積極又出色的想法。要是美袋這傢伙也能有您一半的智慧就好了。」
突然被扯進一觸卽發的場面，還是在這個最麻煩的時刻……不，這時或許正需要我出來緩衝吧。我決定採取這種積極的想法。
「比起勝負，我只要能從他身上汲取到寫小說的題材就好了。硬要說的話，只要能出書就是我贏了。」
「眞好，簡單明瞭的對決。」
美崎微笑說道。麥卡托似乎不太服氣。
「哪裡好了。」麥卡托反駁。「美袋這傢伙只想把我的一切變成鉛字，簡直是蝗蟲喔。您最好也小心一點。您剛才的發言可能也會被他加油添醋地變成鉛字。」
「怎麼可能，我才不是那麼沒教養的人。我的口風可緊了。」
我趕緊爲自己辯護。
「從寫字的人變成被描寫的人，倒也挺有趣的。看來我在美袋先生面前可得盡量保持淑女形象才行……還是已經太遲了？」
見氣氛稍微和緩了點，話題再次回到撲克牌上。
「萬一今晚什麼事也沒發生，明天又收到梅花K的撲克牌……您剛才說還有二十六天，但是黑桃A之後可能還有鬼牌，所以是二十七天。」

「說的也是。」

我居然沒想到這個可能性。

「現有的前提條件太少了，所以要怎麼推測都可以。但也不用一直傻等下去。您下禮拜就預約別家飯店，然後把這件事告訴您的朋友及編輯。假如有十位朋友和編輯，就向十家飯店訂房，給每個人的飯店名稱都不一樣，這麼一來就知道是誰搞的鬼了。當然那些朋友聊天時也可能會提到您的飯店，所以不一定能成功。」

「眞是個好主意。」

美崎的心情已經完全變好了，高興地合掌說道。

「總之需要時間，因此今晚絕不能讓任何事發生。萬一今天失敗了，犯人說不定也會見好就收。那就是雙贏的結果了。」

「偵探也會考慮犯人的立場啊。」

「還是委託人的安全最重要，但如果能防範於未然，自然是再好不過。因爲一旦出事，肯定會有人變得不幸。」

或許是想在美女面前耍帥，麥卡托發表了不適合他的人道發言，而且還說得一臉眞摯。難道他在我不知道的時候出家了，還是酒精的感染力？

「阻止犯人犯罪也是銘偵探的使命喔。」

他已經有點口齒不清了。麥卡托倒了好幾次酒，瓶子裡的酒已經少了一半。所以剛才那番人模人樣的發言果然是酒精造成的假象。

「喂，麥卡托。」我想阻止他，但他才不理我，自顧自地說：「說到撲克牌，有個很不可思議的祕密喔。你知道撲克牌花色的順序嗎？」

「不是黑桃、紅心、梅花、方塊嗎？」

「黑紅交錯，剛好取得平衡呢，可惜答錯了。是黑桃、紅心、方塊、梅花。」

「是嗎。」

「很有趣吧。」

我完全不知道哪裡有趣了，但麥卡托樂不可支地咧嘴一笑。

在那之後，麥卡托開始賣弄四種花色的由來和J、Q、K十二張人物牌的原型及手裡拿的物品等與本案毫無關係的知識。美崎也不好意思打斷他的高談闊論，有一搭沒一搭地附和。說不定她已開始對麥卡托的本事感到不安，心想這種偵探靠得住嗎。我也愣住了，沒想到麥卡托會發酒瘋。

夜更深了，快十一點時，窗外不知何時下起雨來。氣象預報明明說這幾天都是晴天，可能是突發性的雷陣雨。當雨勢愈來愈大，劇烈地打在廚房的窗戶上，麥卡托的演講總算告一段落。或許是雨聲終於讓他想起自己的任務。

「不好意思，差不多該散會了。今晚請務必小心。」

「好的，那就拜託你了。」

不知是否長篇大論聽得累了，美崎語帶嘆息地回答。原本活力四射的鋒芒已蕩然無存，甚至有點彎腰駝背地回房。

我也和麥卡托一起走向我們的臥室。

「門別關緊，要能看到整個客廳。」

語聲未落，麥卡托已經呈大字形躺在床上，呼呼大睡。空調一早就開好了，所以房裡很涼爽，非常適合睡覺……這傢伙未免也太沒責任感了，明明是他接的委託。

話雖如此，事關一位女性的性命，所以也不能連我都擺爛。正所謂吃人嘴軟，至少她有賞我一頓大餐的恩義。我把梯子拿到門口，坐在梯子上，從門縫裡監視一片漆黑的客廳。

沒多久，隔壁房間傳來古典音樂的旋律。聽起來像是聲樂。不是歌曲，而是大編制的巴洛克音樂。好像是巴哈的〈馬太受難曲〉。不是晨間的巴洛克音樂，而是夜晚的巴洛克音樂。

她可能還想工作，但今天應該是不可能了，所以大概只是就寢時的音樂吧。感覺有點吵，但每個人的喜好都不一樣。

就算是有點吵的古典音樂，隔著一面高級飯店的牆壁，音量也小了些，反而變成非常有效的催眠曲。當福音歌手悠揚婉轉的歌聲變成搖籃曲，令人昏昏欲睡時，背後突然雷聲大作。轟隆作響的同時，銀白色的閃電隔著窗簾射入室內，從出窗照亮了客廳。

「奇襲？」

我嚇了一大跳，隨即明白是落雷。雷鳴後，風聲與細微的雨聲再次隱約傳來。雖然已三更半夜，但也拜雷聲轟鳴所賜，我完全清醒了。從雷聲與閃電同時出現來判斷，落雷的地方應該近在咫尺。

完全不把雷鳴當一回事，麥卡托依舊呼呼大睡。隔壁房間也依舊傳來〈馬太受難曲〉的音樂。美崎也睡了嗎？

聽到這麼驚人的落雷聲，女性就算尖叫個一兩聲也不奇怪，所以她大概已經睡著了。相較之下，客廳又恢復漆黑一片，除了壁鐘以外，什麼聲音也聽不見。爲了萬一有人打開玄關或出窗也能馬上因應，事先關掉所有的燈，以便即使只有一絲光線射入也不放過。

黑暗眞不可思議，如果自己一直按兵不動，會覺得黑暗一直從對面逼近過來。感覺不是在黑暗中被什麼襲擊，而是被黑暗本身襲擊。感覺被寂靜窮追猛打。

幸好背後有麥卡托、美崎在隔壁房間，我才沒那麼害怕。雖然本末倒置，但就算有賊闖入，合三人之力總有辦法對付的。

現階段還算是風平浪靜。除了獨自在深夜裡睜大眼睛的我以外……。不過以我的生活習慣，這個時間通常還醒著，所以選我守夜其實也沒錯。

話雖如此，音樂實在太催眠了。就連使徒悲嘆耶穌之死的聲音，聽起來也像小鳥的啁啾，害我眼皮愈來愈重。沒有聲音的話，說不定感覺還能更清醒一點。我想我明白人類的耳朵爲什麼想閉也閉不上了。

黑暗與聽覺的戰鬥。

我究竟在夢境與現實間徘徊了多少次呢？不，我一直以爲自己醒著，說不定其實睡著過一下下。畢竟只剩下音樂能讓我掌握時間的連續性，但音樂也是害我昏昏欲睡最主要的罪魁禍首。

清晨的日光隔著背後的窗簾灑落進來。

看了眼時鐘，才五點半。徹夜不眠實在太累了。〈馬太受難曲〉已經播放到第三次了。光靠一張唱片塞不進整首歌，所以大概是存在硬碟裡循環播放。

不管怎樣，我想跟麥卡托換班了。我想聽著〈馬太受難曲〉好好地睡一覺。

我很好奇如果什麼都沒發生，早上是不是會收到梅花K，但眼下實在太睏了。我撐著已經快閉上的眼皮，要求麥卡托和我換班。

然而就在那一瞬間，救護車的警笛聲無情地從窗外傳來。

3

鵠沼美崎墜樓死亡的屍體在天剛亮的五點半被發現。發現的人是趁著日出時出門散步的住宿客人——年逾八旬的老夫婦，嚇到心臟病發的老太太被已經英雄無用武之地的救護車送去醫院。

遺體掉落在美崎臥室的陽台正下方稍微偏南側的地方。夜裡颳著強風，多少有一點誤差，但應該是從陽台墜樓沒錯。美崎身上的衣服跟回臥室時穿的一樣，因為下過雨，衣服和身體都淋得濕答答的。

好像是頭下腳上地墜落，死因是頸椎和頭蓋骨在落地時骨折，沒有疑似墜落以外的外傷。也沒有服用藥物的痕跡，據研判是在意識清醒的狀態從陽台墜落。

因為衣服濕透了，可以確定是在下雨時墜樓，根據氣象台的報告，昨晚的雨下到半夜兩點才停，所以應該在是那之前墜樓。警方認為死亡時刻很可能是十一點到一點之間。

還不清楚美崎為何要在雨中去陽台。美崎臥室的法式窗戶是從裡面打開的，無論受到什麼誘導或強迫，總之是她自己開的窗沒錯。而且臥室裡也沒有爭執或翻箱倒櫃的痕跡。聽聞美崎墜樓的惡耗，我也檢查了她的房間，但除了反覆播放的〈馬太受難曲〉之外，其他都跟昨天傍晚檢查時一模一樣。

「你怎麼看，麥卡托。」

我問麥卡托，但他只是嘆了一口氣：「我也不知道。」

「不知道是什麼意思！要不是你不知節制地猛喝葡萄酒，委託人也不會死。你簡直太失態了。」

我氣急敗壞地質問他。我很少對麥卡托這麼生氣。我雖然是知道這次委託後才開始看鵠沼美崎的書，但也不得不承認鵠沼美崎的死對文壇是很大的損失。更遑論直到六個小時前，我們還在同一個空間裡談天說地。

「你要怎麼負責。」

麥卡托還沒回答這個問題前，玄關門開了，有個三十出頭的便服刑警走進來。自稱柳敦夫的刑警比麥卡托還高，臉也很長。不過穿著打扮很隨意，有如鳥窩的頭髮活像起床沒梳頭就出門了，在兩側亂翹，下半身是黑色牛仔褲和黑色長靴。

「你就是被害人的保鑣，結果一點用也沒有的偵探嗎？」

刑警問道，絲毫無意隱藏臉上露骨的鄙夷。他的口吻與其說是刑警，更像是上跳下竄的私家偵探。

「你要這麼說就是吧。」

麥卡托坦然地承認，連眉頭也不挑一下。

「簡單地說，直到昨晚十一點，我們都在一起。」
「若不是上級直接點名，我才不想來。」
看來連和歌山都知道他的惡名了，刑警一臉不滿地坦言。像是要撈回本似地把昨晚的狀態刨根究底地盤問了一番。
或許是基於受託失敗的偵探給人的印象，刑警一找到機會就出言諷刺：
「憑什麼享受這種貴賓級的待遇啊。」
接著還把矛頭指向我：
「還有那邊那個三流作家。」
跟被害人比起來，我確實連三流的價值都沒有，所以也無法反駁。
「從剛才的話聽下來，你最可疑了。很難想像被害人在雨中獨自去陽台。換句話說，如果要把被害人帶到陽台上，勢必得進入被害人的寢室。但只要你堅持自己盯著客廳看，那麼就只有你能辦到了。」
「我才沒有！」
簡直是晴天霹靂。但高頭大馬的刑警盛氣凌人地接著說：
「要是從被害人身上找到一絲他殺的跡象，你就準備進監獄吧。」
「我只是負責監視客廳罷了。」

我努力地爲自己辯護。

「與你同一個房間的白癡偵探睡死了吧。既然如此，兇手就只有你了。」

與麥卡托同行，遇過各式各樣的案子，也不只一次被當成犯人。但這樣不分青紅皂白地慘遭誣陷還是頭一遭。我握緊拳頭正想反駁時，麥卡托先開口了：

「你這樣未免也太武斷了。先下手爲強這一招還是放在兵法裡就好了，不要拿出來丟人現眼，我勸你先調查一下隔壁的房間比較好喔。昨天隔壁房間透著光，顯然有人住在裡面。現在也開著燈呢。問題是出了這麼大的事，隔壁卻完全沒有任何反應，你不覺得很奇怪嗎？」

刑警大概也想到這一點，低啐一聲，轉身離去。

目送他的背影走遠後，麥卡托默默地戴上絲質禮帽，離開房間，走向電梯。下到一樓，從擠滿了警察和媒體的飯店後門溜出去。目的地是美崎墜樓的現場。位於飯店的西側，所以步道和草皮都籠罩在飯店的陰影下。

美崎的遺體已經移走了。警官誤以爲我們是看熱鬧的群眾，想把我們趕走。意外的是麥卡托並未抵抗，向用封鎖線圍起來的現場合掌後，自言自語：

「我是想保護妳的。」

他的語氣充滿了虛無。然後重新面向警官說：

「啊，警察先生，掉在那裡的腳踏板是很重要的證物喔，麻煩你轉告柳警官。」

麥卡托指著放在牆邊，貌似作業員忘了回收的一塊長兩公尺、寬二十五公分左右的鋁製腳踏板說道。

「那個跟命案有關嗎？」

我問在刺骨的海風中轉身離去的麥卡托。

「應該有吧。那麼窄的板子，也太拚命了。」

麥卡托沒有再多說什麼，走回飯店。他穿過大廳，走向櫃台，詢問有沒有郵件。有個寄給美崎的大紅色信封。熟悉的信封背面沒有寄件人。打開來看，裡頭是黑桃K的撲克牌。麥卡托把撲克牌連同信封放進內側的口袋裡，喃喃低語：

「不管願不願意，明天都會來。」

＊

「你到底變了什麼魔術！」

柳警官怒吼著衝進來是在早上十一點過後時。

「隔壁房間已經人去樓空了吧。」

「正是，房客留的名字是石上花子，但地址是假的，名字大概也是假名吧。四天前入住，但是除了第一天以外，誰也沒見過她。戴著口罩及太陽眼鏡，長長的黑髮上是寬緣的帽子，明明是熱死人的夏天，卻穿著把手腳都遮起來的衣服，可疑到不能再可疑了，但因爲早早付清住宿費用，飯店方也不好多說什麼，員工反而擔心她會不會自殺。並未從石上的房間採集到指紋，只有衣櫃留下一套黑色的運動服和鞋子。」

「警方已經有答案了吧？」

麥卡托催他說下去，柳面露難色地說：

「自稱石上的女人……也或許是男扮女裝，從隔壁的陽台踩在腳踏板上潛入被害人房間的陽台。那塊腳踏板可能是從飯店旁邊正在拆除的小木屋偷來的。把被害人推下去以後，再把那塊板子也丟下去，回到自己的房間。這麼一來就合理了。問題是被害人爲什麼要開窗，又爲什麼不求救呢。再者留在房裡的黑色運動服是乾的，鞋子也是。但被害人應該是在雨中被推落陽台。我們也向氣象局確認過了。就算有屋簷，也不可能完全不弄濕衣服就爬到隔壁的陽台。表示兇手行兇時沒穿運動服。既然如此，爲什麼要準備那套運動服，又爲什麼要留在飯店裡。」

「哦。」

麥卡托瞇細了眼。

「你還滿敏銳的嘛。」

「一敗塗地的偵探還好意思說。」

「我確實沒能阻止命案發生，但也沒有失敗。」

我很意外麥卡托會這麼說。而且他的表情很冷靜，並非死不認輸，反而像個機器人似地，不流露一絲情緒。刑警惡狠狠地瞪著他說：

「什麼意思？你打算一推天下無難事嗎。」

「你想想看嘛。」麥卡托裝模作樣地翹起二郎腿。「她八月初住進這家飯店，卻在盂蘭盆節過後的八月中旬才委託我。這時已經收到紅心4的撲克牌了。換言之，倒算回去，她剛住進這家飯店時收到的撲克牌應該是方塊5前後。起初以爲是惡作劇，但是撲克牌都追到飯店來了，她也不由得有些害怕。這是極其自然的反應。不過……你不覺得很不可思議嗎？她明明那麼害怕，卻對方塊A無動於衷。紅色是她的代表色，不管是方塊還是紅心，倒數計時的紅色撲克牌都追到飯店來了，她應該很害怕才對。恐懼應該會在收到方塊2的時候來到最高點。當時她就應該來找我了。倘若她眞的收到撲克牌的話。」

「你是說……她在自導自演嗎？」

觀察力敏銳的柳警官失聲吶喊。

「大概是吧。」麥卡托慢條斯理地點點頭。「問題是，她爲什麼要這麼做。根據我們見面之後的談話，她的性格很強勢，絕不是那種假裝成受害者博取同情的人。」

「你認爲還有其他理由？」

「理由就是這次的命案了。單說結論，石上花子恐怕就是死者本人。她趁著夜色，利用腳踏板，想從隔壁陽台溜出飯店。」

「爲了製造不在場證明嗎！」

刑警發出恍然大悟的驚叫聲。

「你眞是個聰明人，穿長靴太可惜了。」

「我可不想被穿著燕尾服的傢伙說三道四。」

「鵠沼美崎有個說是眼中釘、肉中刺也不爲過的競爭對手。對方一次又一次地拿下文學獎，自己卻往往止步於佳作或入圍。不僅如此，無論她再怎麼強調，自己的小說都被視爲與競爭對手同類型。這對不服輸的她而言大概是莫大的屈辱吧。」

「你是指藤澤葉月嗎？」

「你連這部分也調查過啦。」

麥卡托直率地讚美對方。

「畢竟是重要參考人之一。只是我沒想到居然會反過來。」

刑警表情始終如一地說。難不成這兩個人意外地合拍？

「於是她只好鋌而走險了。她打算溜出飯店，驅車前往殺害藤澤葉月。我記得藤澤家裡只有她和愛犬住，所以應該不難得手。而且時值深夜，飆車前往泉佐野單程不用兩小時。再神不知、鬼不覺地回來即可。之所以播放大編制的古典樂，也是爲了掩飾進出的聲音。因爲我們在房裡徹夜守著，等於幫她做出牢不可破的不在場證明。」

「所以說……死者是移動到隔壁陽台時不愼失足墜樓嗎？」

「從結果來看，大概會以意外身故結案吧。板子本來就窄，而且還下了雨，變得很滑。再加上打雷。要是在爬向隔壁陽台途中剛好有落雷打在附近，不失足也很難。」

「所以今天早上才會收到梅花K嗎！」

我大聲說道，麥卡托從內側的口袋裡拿出大紅色的信封。

「對了，得把這個交給你。」

麥卡托把信封塞進刑警懷裡。

「大概是委託業者一天寄出一封吧。本來應該在收到梅花K之後，額手稱慶這陣子的擔心只是杞人憂天，可喜可賀地讓事件延後到收到黑桃A再說。接下來的劇本想必是犯人發現我在調查，不再寄撲克牌給她，風波到此爲止。」

「你有證據嗎？」

「你可以去找她委託寄信的業者，不過這附近應該能找到可疑的車輛。是她本來要用來殺人的第二輛車，畢竟深夜開著紅色保時捷實在太顯眼了。」

解開所有的謎團後，麥卡托的臉色依舊充滿陰霾，弓著背，彷彿雙肩承載了全世界的重量。

「……你什麼時候知道她在自導自演？」

刑警離開後，我問麥卡托。

「我從一開始就知道了。所以我一直警告她，希望她能打消這個念頭。直接戳破的話，她或許會暫時放棄，但是過段時間，殺意大概又會捲土重來。所以我一直告訴她，有時候也要懂得變通。」

「難不成那個梯子……」

「有了那個梯子，要去隔壁陽台簡直易如反掌呢，所以我沒收了。沒想到她居然還藏了偷來的腳踏板。」

麥卡托神情倨傲地回答。可是眼睛那麼利的麥卡托有可能沒注意到腳踏板嗎？那個腳踏板可不小。我心裡閃過一道猜疑的寒光，不是黑暗中的曙光，是比曙光中的黑暗還要黑的光。

「昨天夜裡，你也是故意發酒瘋，纏著她直到下雨吧。」

「對呀。我還以爲既然下雨了，她應該會放棄從陽台溜出去的念頭……」

「氣象報告並沒有說昨晚會下雨。難道就連打雷都在你的預料之中？」

「怎麼可能，我又不是雷神。」

麥卡托輕撫著絲質禮帽的帽緣裝傻。他的態度反而讓我確定了這一切。畢竟我又不是這一兩天才認識他。即使不合常理，我也相信自己的直覺。

「麥卡托，你還有事瞞著我吧？」我逼問他。「是不是還有其他委託人……」

「你還挺敏銳的嘛。」麥卡托微微笑。「一週前，愛犬死於非命，爲此感到不安的藤澤葉月來找我商量。因此身爲騎士，我絕不能讓她遭遇危險。」

麥卡托裝模作樣地聳肩。背後是太平洋的滔天巨浪劇烈地拍打岩岸的聲音。

天女五衰

天女五衰

1

天女降臨了……。

覆蓋著湖面的濃霧散開，一道光束從天而降。

透明的湖面在設置於瞭望台的望遠鏡對面，反射著春天的陽光，閃閃發亮。我忍不住瞇起眼睛，正打算把視線從望遠鏡上移開時，有個穿著純白衣裳的天女衣袂飄飄地打橫穿過湖畔的步道。從鬱鬱蒼蒼的樹林間隱約可見其絕美的側臉。清麗姣好的臉蛋有如白皙的日本娃娃，眼角眉梢帶著笑意，唇瓣微啟，彷彿正在歌頌天上的雅樂。

神聖得有如不存在於這個世界上。

是做夢嗎？還是現實？我屏氣凝神地注視。但稍縱即逝的陽光隨即又被烏雲覆蓋，濃霧再次擋住了視線。天女也同時從樹林間消失蹤影。

一陣風沙沙作響地從身邊吹過。但……唯有那一瞬間，這個世界宛如無聲的底片，寂靜籠罩了大地。唯有不可能聽見的天女美妙歌聲直接在腦內迴響。

這到底是怎麼一回事？

「你在發什麼呆。」

伴隨著皮鞋踩踏在水泥地板上的腳步聲，說話的聲音從背後傳來。是慢了幾步走在我後面的麥卡托鮎。

「我好像看到天女了。」

我情不自禁地喃喃自語。

「你該不會是熱昏頭了吧？」

「或許是吧。」

我也不敢確定。天空雖然烏雲密布，但是以三月而言，氣溫很高。因爲起霧的關係，濕氣也很高。或許如麥卡托所說，我眞的熱昏頭了。

然而暑氣只不過是壓垮我的最後一根稻草。半個月前，工作上發生了煩心事。神志不清或許是受到那方面的影響。

「你用望遠鏡看的時候，看到天女翩然降落在湖畔……。不過用天女來形容，你還是那個難成大器的詩人呢，難怪只拿到最後一名。」

穿著燕尾服的麥卡托嘲笑我。而且不偏不倚地戳中了我的痛處。

「怎麼看到天女就是難成大器的詩人呢？世上的詩人都看過吧。像是杜甫或李白……。雖然我也不確定。」

「因爲這裡是以天女傳說出名的湖泊。而且我們接下來就要去天女位於湖畔的故居。在這種情況下突然冒出『看到天女』這種話不是難成大器的詩人是什麼。就像在深夜的墓地嚷嚷說自己看到鬼的人。」

「……或許眞的是我先入爲主也說不定。」

麥卡托一針見血地指出可能性，令我一時語塞。這裡是丹後的大江山山中，湖的對面是大江山的連峰。提到大江山，最有名的莫過於遭源賴光一行人擊退的酒吞童子，除此之外還有許多與幽靈有關的傳說。

縱然是鬼影幢幢的觀光勝地，卻也悄悄地留下了天女傳說。眼前一望無際的小型湖泊——眞名井湖正是傳說的舞台。

相傳以前有個年輕人進山裡打獵時，撞見五個天女在湖邊洗澡。年輕人藏起一件掛在附近的天女羽衣，不一會兒，天女們發現年輕人，爬上岩石想走。其中四位天女從都岩石上飛回天界，只剩羽衣被藏起來的天女直接從岩石上栽進湖裡，落寞地從湖面凝望著逐漸遠去的四位天女。

沒走成的天女後來嫁給年輕人，還生下兩個孩子。但幾年過去，天女的聲音逐漸沙啞，皮膚開始缺乏光澤，眨眼的次數也增加了。即使找醫生來看，也不解原因出在哪裡。

年輕人很擔心，決定把藏起來的羽衣還給天女。天女謝謝年輕人至今的照顧，穿上羽衣。無奈頭上的花飾已然枯萎，羽衣也髒兮兮的。即便如此，天女仍破空而去。

這是耳熟能詳的羽衣傳說之一，以同時也是世界遺產的三保·松原的傳說最有名，但日本各地都有類似的傳說。同爲丹後的峰山應該也有相同的傳說。

無法回歸天界，獨自沉落湖底的天女。

其他傳說並沒有掉進湖裡這一段，但也無法否認是此情此景讓我看見天女的幻影。因爲此時此刻的我正處於同樣跌落谷底的狀態。

可是……天女深深地鐫刻在我腦裡的絕美容顏又是從哪裡來的呢？

就算是白日夢，所謂夢幻泡影都是從過去的記憶擷取出來的吉光片羽。既然如此，我應該曾經在哪裡見過那張臉才對，長得那麼漂亮的人，我不可能不記得。

然而無論我再怎麼努力回想，都沒有見過那個人的記憶。

「看來你被天女迷惑了。」

見我抱頭苦思，麥卡托出言挖苦。

「又不是茶吉尼[1]，天女怎麼可能迷惑人……不過你居然跟我來散步，是什麼風把你吹來的？」

我們的朋友在湖畔有座別墅，邀請我和麥卡托來玩，我們從大阪開車過來，抵達時已經過了中午。

---

1 是外道邪法的一種，屬夜叉鬼之一類，具有魅惑人心的力量，在日本的形象為騎著白狐狸的天女。

湖的外圍約六公里左右，沿著步道走一圈需要一個半小時。想當然耳，各個角落都設有瞭望台和停車場，可以開車遊湖，在重要景點停下來觀光。不過如果要近距離感受湖光山色和靜謐的風景，散步是最理想的方法。

我還以爲麥卡托一定是走馬看花的那種人，本來打算獨自散步，不料麥卡托居然說要與我同行。沿著霧氣氤氳的湖畔走著走著，遇到岔開通往瞭望台的階梯，爲了欣賞全貌，我選擇前往瞭望台。

「因爲說不定能跟你一樣遇到美麗的天女呢。與你同行眞是正確的抉擇。這大概是成爲詩人的天賜良機吧。」

「不是只有難成大器的詩人才會在這裡看到天女嗎？」

我下樓梯，與他在步道上會合，走向再度籠罩在濃霧裡的湖畔。未經鋪設的步道雖然高低起伏，但坡度十分平緩。因爲大霧繚繞，無法充分欣賞湖光山色，實屬遺憾，但起霧的山路本身饒富風情，也很不賴。

經過遇見天女的地方時，略帶濕氣的地表殘留著幾組腳印，無從知曉哪一組是天女的足跡。這麼說來，天女腳下穿了什麼呢。

順著單行道走了十分鐘左右，霧中突然出現一座小廟。八角形的小廟，柱子漆成紅色，但現在已經褪色斑駁了。

是天女堂。旁邊屹立著一棵高大的柳樹。傳說中的年輕人就是把天女的羽衣藏在這棵柳樹的樹洞裡。這一帶跟天女洗澡的地方一樣，都在湖的後面，離湖岸也有一段路。如今蓋了天女堂，也整修了步道，時有觀光客造訪，但以前大概是人煙罕至的場所吧。

天女堂的門是左右對開的觀音門，上半部爲格子門。門口下到木梯前的地方有個小小的油錢箱。油錢箱與天女堂都很老舊了，正前方卻掛著全新的鎖頭。

我朝油錢箱投入香油錢，行禮膜拜。

……話說回來，要拜什麼，我愣住了。我只知道這座小廟名叫「天女堂」，渾然不知能帶來什麼庇佑。如果是藥師如來或文殊菩薩，那麼答案很明確，而且如果是如來或菩薩那麼偉大的神佛，要許什麼願都可以，問題是天女有什麼作用呢？什麼是天女擅長的領域呢？

我在工作上是有很大的煩惱沒錯，但天女能幫我解決嗎？單憑只是羽衣被奪，就不得不留在人間生活的天女……。

也不想想自己只丟了五圓的香油錢，居然敢對天女有如此不遜的想法。思前想後的結果，我許下心願：

「請讓我再見天女一面。」

我對天女的印象實在太深了。拜天女清麗不可方物的美貌所賜，從半個月前就悶悶不樂的心情有一瞬間煙消雲散。

或許會有什麼改變。

想再見她一面……想再見她一面……我在心中默念三遍。說不定最後還念出聲音來了。

這時有水滴滴答答地落在臉上。下雨了。天氣預報說今天是陰天，陽光直到剛才都還很刺眼，山裡的天氣果然瞬息萬變。想也知道我沒帶傘。

「下雨了。」

我還沒說完，麥卡托已經爬上木梯，把手放在木門上。門沒有鎖，發出木造建築物特有的傾軋聲，朝我們的方向打開。

「喂，隨便跑進去沒問題嗎？」

我慌張地追上沒有一絲遲疑便消失在小廟裡的麥卡托，也進入天女堂。

八角形的天女堂裡面陰暗潮濕。正中央供奉著天女的木頭雕像，周圍是形成八角形的回廊。等身大的天女像宛如披著輕盈羽衣的模特兒，站成S字形的優雅身姿娉娉婷婷。柳腰款擺，妖艷的神態比起神聖不可侵犯的威嚴，用立如芍藥來形容再適合不過。不同於老舊的堂內，佛像是簇新的，色彩也很鮮明，更添幾分嫵媚。因爲有底座，天女的臉落在視線上方。我抬起頭來看，不由得倒抽了一口氣。

因爲跟我剛才看到的天女長得幾乎一模一樣。

「怎麼可能！」

我忍不住喊出聲音來。難不成我真的看到天女了？

若是白日夢，我應該是第一次看到這座佛像。既然如此，我怎麼會記得這張臉。我不由得把臉湊過去看。

「喂喂喂，你再怎麼熱昏頭，親吻佛像也會下地獄喔。」

我向一臉狐疑的麥卡托說明來龍去脈。

「可能是在旅遊書或網站上看到這位天女的照片吧。」

麥卡托不當一回事地回答。

「……或許是吧。」

說穿了或許就是這麼一回事。想在人生的低谷感覺自己與天女之間有著不可思議緣分的我大失所望。

只不過……這麼一來，我許的願望豈不是馬上實現了嗎。

可以的話，我希望能見到真的天女，而不是木頭佛像。不過以五圓的香油錢來說，這個願望大概太奢侈了……。

「這房間也太潮濕了吧。」

視我的感傷如無物，麥卡托手裡拿著絲質禮帽，不滿地說。

「不只擅自闖入，還諸多埋怨，你才會下地獄吧。」

「我佛慈悲，才不會隨便要人下地獄呢。你眞的是佛教徒嗎？再說了，如果眞有人要下地獄，那個人也不是我，而是把這裡當成貯藏室使用的人。」

麥卡托繞到回廊後面，嗤之以鼻地說。

「秋天好像有跟天女有關的祭典，所以那些道具大概都收在這裡吧。」

天女堂最裡面有座可以爬上閣樓的梯子，梯子兩邊設置著簡單的棚架。三合板的架子上除了裝有金碧輝煌的祭典用裝飾品的竹籃外，也擺滿了掃帚及長靴、水桶、用來代替垃圾桶的方形金屬罐等雜七雜八的用品。

我們下榻的別墅位於湖畔，村落則在數公里外的地方，所以把這裡當成貯藏室也是人之常情。

「不管是寺廟還教堂，繞到後面都是這副德性……」

麥卡托把手伸向天女的底座後面，從縫隙裡拉出一只黑色的旅行箱。看起來還不算太舊，但邊緣有個很有特色的凹陷傷痕。裡面似乎塞滿東西，輪子都不勝重量地變形了。

「放在架子上就算了，居然塞進天女像的底座裡，這個人也太大膽了。」

麥卡托不以爲然地仰望天女。總覺得我的天女遭到了褻瀆。

「說不定裡頭裝的是祭典上要用的貴重物品。」

我不假思索地反駁，爲了證明我說的沒錯，還想打開行李箱來看。

「快住手，眞打開就犯罪了。」

麥卡托用鞋跟把行李箱踢回原位。

「你今天怎麼像根火柴，一點就著呢。這麼不甘心拿到最後一名嗎？」

「對呀，不行嗎。」

我老實承認。

稍早之前，我參與了名爲《五位而立之年的大阪出身本格推理小說作家》的選集活動。這個活動是邀請五位住在大阪的新銳作家寫短篇小說，與一般選集的不同之處在於是由讀者投票選出第一名。讀者可以剪下印在封面的投票券，寫上自己覺得最好看的作品名稱，寄回編輯部，第一名將獲得不管是什錦燒還是格子鬆餅都能烤的豪華全自動章魚小丸子機。

結果在半個月前出爐，在前四名以幾票之差爭冠軍爭得頭破血流的情況下，只有我完全置身事外地吊在車尾。箇中的差別就像生駒連峰與天保山[2]。當然，我也成了網路上的笑柄。這樣情緒不低落才有鬼。

2 生駒連峰為海拔三百至四百公尺左右的山地，天保山則是位於天保山公園內的人造山，高度只有四點五三公尺，原本是日本最矮的山，後來位於宮城縣仙台市的日和山因為三一一大地震剩下三公尺，天保山遂變成日本第二矮的山。

我本來也沒有自我感覺良好到以爲自己能得第一名，只是覺得自己應該還是有資格與其他人一較長短，沒想到會輸得如此徹底。如果對手是全文壇的作家就算了，範圍都縮小到「而立之年」、「大阪出身」、「本格推理」這三個條件了……。而且當紅作家都忙著寫作，婉拒參加，理應是個邊角料的企畫……。

「你的原創作品就只有這種程度喔。」

還受到麥卡托的無情嘲笑，讓我更加沮喪了。或許我眞的沒有才華吧。每次出門都覺得彷彿被陌生人指著鼻子說我是吊車尾的作家。

朋友約我來別墅玩是公布結果前的事，之所以心情煩悶也沒有拒絕，無非是被大江山的天女傳說吸引了。或許我把自己投射在五位天女中，無法回歸天界，只能獨自留在人間的天女身上。

「無聊透頂。我平常不是已經照三餐告訴你，你沒有才華了嗎。事到如今還有什麼好沮喪的。」

「這是兩回事吧。你可好了，沒有什麼案子是你不能解決的。」

「你現在才來嫉妒我嗎？」

麥卡托像是看到保育類動物似地挑眉。

「別把我跟小說家相提並論。委託人可是把自己的人生都賭在偵探身上了。話說回來，就算是那麼無聊的短篇小說，編輯也沒有丟進垃圾桶，而是幫你出版了不是嗎。」

「肯定是連丟進垃圾桶的時間都捨不得浪費吧……」

「雨停了。」

不知是否已經受不了我，麥卡托對我的喪氣話充耳不聞，走出去。

我看了看錶，三點三十分。我們在天女堂裡大概待了十五分鐘。雨停了，霧也散了。燦爛耀眼的陽光再次普照大地。

人真的很現實，曬到太陽後，希望又稍微湧上心頭。這或許也是天女的庇佑。我一瞬也不瞬地凝望天女美麗的容顏後，離開天女堂。

＊

湖畔除了天女堂以外，還有傳說中天女降落凡間的天女岩（眞沒創意的命名），沿著步道走一圈，就能把這兩個景點都看過一遍。

天女岩離天女堂很近，走路十分鐘左右就到了。天女岩附近的湖邊有一處往內縮的隆起，周圍都是懸崖，因此形成了深淵。懸崖的最深處，天女岩突出於離湖面兩公尺高的地方。

岩石前端有四座木頭雕像。是留下第五個天女，騰空而去的其他四位天女。一樣是等身大的木頭雕像，造形則讓人幻視圓空[3]的佛像。與天女堂的天女像大相逕庭，比較像是從江戶時代傳下來的作品。木頭紋理也因爲飽受風吹雨打而劣化。

岩石旁邊就是步道，交界處拉著禁止進入的繩索。想像天女洗澡的模樣眺望傳說中天女洗澡的湖面時，麥卡托沒有絲毫猶豫地跨過繩索，走在岩石上。

岩石面向湖面突出三公尺左右，周邊形成深淵，因此突出去的部分似乎相當深。或許是水不流通，透明度遠低於其他場所，充滿綠色沉澱物。湖底大概長滿了水草。一不小心掉下去，可能會被水草纏住，慘遭溺斃。過去天女洗澡時想必更清澈吧。

「小心點。」

說也沒用吧，但我還是義務性地提醒他一下。內心也有些許想看好戲的心情，要是他不愼失足就有好戲看了。現在的我大概已經壞掉了。

麥卡托踩著輕盈的腳步，走到尖端，雙手扠腰地站在四座木頭雕像旁。

「原來如此。我一直覺得很不可思議，在湖畔洗澡是要怎麼掉下去，現在我知道掉下去是很貼切的形容了。」

3　日本江戶時代的修行僧，以雕刻佛像著名。

麥卡托自顧自地點點頭蹲下。拂過湖面的風吹起他的燕尾服，遠遠看去，他一副隨時都要失足滑落的樣子。

「而且這裡的地貌如此複雜，從別的地方也不容易看清楚，是掩人耳目偷偷跑來洗澡的絕佳場所。既然如此，年輕人又是怎麼發現天女在這裡洗澡呢。」

可惜什麼事也沒發生，麥卡托安然無恙地站起來，往四周看一圈。

「啊，從那個涼亭可以看見呢。剛好有人在那裡，簡直是傳說再現。」

循著麥卡托的視線看過去，半山腰有一座涼亭。設置於通往連山的登山路線中途，而不是步道上。定睛一看，確實隱約有個人影。

「那你還不快點給我回來。要是對方報警就麻煩了。」

麥卡托摸了其中一座天女像的頭，再次踩著輕盈的腳步走回來，心滿意足的表情令我火冒三丈。

「你所做的每一件事都值得下地獄呢。到底安了什麼心……」

「所以你才會是最後一名。」

沒想到卻換來毫不留情的數落。

「再怎麼說你也是作家，難道就不想以這裡為舞台寫個故事嗎？」

「你怎麼知道我不想……」

「既然如此，鑑別傳說中的遺物正確重現到什麼地步不是理所當然的事嗎。確認作業做得如此漫不經心，算什麼推理作家啊你。」

沒想到會被麥卡托如此義正辭嚴地說教。

我果然還是不適合寫作吧……。我的存在價值只是把麥卡托的豐功偉業寫成小說而已嗎。

我垂頭喪氣、無精打采地跟在麥卡托身後。與走到天女岩的時候相反，這次換他走在前面。

「怎麼啦？」

走了十分鐘左右，有人問我。

是演員牧一政。他年約三十出頭。膚色黝黑、體格壯碩，但長相稱不上好看。因此經常在電視上演窮凶極惡的罪犯或記錄片裡的家暴老公。演技有一定的好評，主要以舞台劇為活動據點。

他也住在同一個別墅裡。招待我們來玩的別墅主人辛皮康夫是劇團「洗碗」的團長，而他則是團員。我和麥卡托是在中午過後抵達，其他劇團成員都是昨天就從東京過來了。

「你去了山頂嗎？」

我打起精神問一身登山打扮的牧。他的背後豎立著指示人行步道與登山步道在此岔開的告示牌。

「風景很美喔。空氣也很好，感覺肺都活過來了。」

「有遇到酒吞童子嗎？」

「可惜沒能在山頂上遇到妖怪。而且搞不好是我被當成妖怪射殺也說不定。」

很適合演壞蛋的演員露出與容貌相去甚遠的快活笑容。他應該就是涼亭裡的人影吧。時間上也剛剛好。

「可有想到什麼好點子？美袋老師。」

見我陷入沉思，牧主動問我。

「啊，嗯，還好。」

我含糊其詞地帶過。沒必要老實告訴他，我其實很沮喪。畢竟他喊我「老師」，打腫臉也要充胖子。

麥卡托在旁邊「噗哧！」地冷笑一聲。

「您不要的作品也無所謂，可以分給我們家公庄一點嗎。」

「不不不，這樣對公庄先生太失禮了。人家可是專業的。而且公庄先生去年也來了對吧？應該得到很多靈感吧。」

公庄悟是年紀坐二望三、剛冒出頭的編劇。正師從某知名劇作家，擔任該劇作家的助理。平常幫小劇團寫寫劇本，偶爾也替師父擔任連續劇的編劇。同時也是劇團「洗碗」的主力編劇。

動。

牧也是，他們都不是辛皮劇團的專屬成員，除了一年四次的公演以外，大家都有其他活動。

團長辛皮康夫年約四十五歲，除了舞台劇以外，從時代劇到戀愛連續劇都是主角級人物，很多地方都能看到他活躍的身影，是很有名的演員。

他很喜歡大江山的湖畔，買下某企業的培訓中心，改建成別墅，取名天女莊，也就是那棟位於湖泊下游的兩層樓建築物。

由於原本是企業的培訓中心，有很多房間，且緊鄰著網球場及可以停遊覽車的停車場。雖爲鋼筋混凝土建築物，但圍上了木紋的外牆，猛一看還以爲是木造房子。靠近眞名井湖的那一側，二樓客房的陽台突出於湖面上，一樓則有座突出的木板露台。

之所以認識這麼有名的演員，緣起於一年前發生的某件事。辛皮爲拍攝時代劇電影前往太秦[4]時不愼捲入命案，全賴麥卡托完美地解決。

雖然是驚動全日本的大案子，但辛皮本人並非核心人物，再加上麥卡托迅速地破案，辛皮的名字得以沒出現在新聞上。萬一他的名字見報，不曉得會對正在拍攝的電影造成多嚴重的影響，因此辛皮事後非常感謝我們（其實是麥卡托）。同時也對偵探和推理小說作家這兩項職業

4 日本唯一可以身歷其境地觀摩影視拍攝現場的主題公園，也是東映京都電影製片廠專用的江戶時代外景地。

非常感興趣。半年前發來邀請，希望我同意他的劇團演出我的作品。

基於上述的緣分，他邀請我來他的天女莊別墅，說也想為上次的命案道謝，請麥卡托務必賞光同行。附帶一提，本劇將於五月的黃金週過後展開公演。可惜只有東京，而且只有週末有演出行程。

以知名演員的公演而言規模算小，但這也難怪，因為辛皮本人好像不會上場。他堅持只當團長和導演，演出的都是些還籍籍無名的新人或中堅演員。「洗碗」這個劇團名稱據說也是取自新人在這裡打工的感覺。

「洗碗」劇團五年前在辛皮的不惑之年正式成立，買下天女莊則是去年的事。因此辛皮好像也才第三次來。這次包括辛皮在內只有六個人，但聽說公演開幕前，所有人都會齊聚一堂，在這裡進行最後的集訓和排練。

從步道鑽進別墅的木頭後門，走向露台時，剛才提到的公庄和別墅主人辛皮正坐在桌子兩邊下將棋。

居飛車對振飛車，公庄正以居飛車穴熊展開包圍。因為才剛開盤，正確地說是正要展開穴熊圍。為了不讓他得逞，振飛車以凌厲的攻勢犧牲步兵，逼迫對方與他交換飛車。這是充滿了很適合在連續劇裡演領導者的辛皮風格的積極下法。

而且他運棋的姿勢非常灑脫。一流的演員就連下棋的時候也有模有樣，令我深感佩服。相較之下，公庄則符合寫作的人給人的印象（？）彎腰駝背地亂下。

「請問您有想到什麼好點子嗎？我還沒見過天女，如果是能寫出那種傑作的老師，當著這麼美的風景，一定會幻視到天女吧。」

留意到我們，辛皮問我。他不可能知道我遇到天女的事，所以大概只是純粹的巧合。辛皮謙稱自己沒有文采，所以不寫劇本，但是從他對演出的關心程度來看，應該對藝術的創造力滿懷憧憬吧。

「沒有的事，如果是這樣的話，公庄先生應該早就看到了。他可是成功地將我的作品重新包裝得充滿幻想氛圍呢。」

我把嫉妒與自虐的火焰藏在鋼鐵的假面後回答。

「千萬別這麼說，折煞我了。」公庄反覆摩挲著下巴剪得短短的鬍鬚，沒有吃下對方獻上的步兵，而是以銀將應戰。「我還差得遠呢，一直被師父挑毛病。前陣子的連續劇雖然劇本掛我的名字，但如果沒有師父的建議，一定慘不忍睹。可能會被丟進垃圾桶。」

「丟進垃圾桶」這句話不為人知地刺痛了我的胸口。不，麥卡托或許知道。

也許是公庄的銀將下得非常好，辛皮的攻勢停下來了。我們坐在隔壁桌，看他們下將棋，見他陷入長考，不約而同地閉上嘴。再也沒有比閉嘴看別人下棋更無聊的事，沒多久我們就決定各自回房。想當然耳，提議的是麥卡托。

「哎，被打得落花流水呢。還以為自己的棋藝進步了。」

在餐廳吃完晚飯，到夜晚的露台上喝啤酒時，公庄一手拿著氣泡酒，搔著頭對我說。他似乎一直和辛皮對弈到晚餐前。我們看的已經是第二局了，聽說他後來還來不及用穴熊包圍對方的玉將，就先輸得潰不成軍。

「我還以為那一招下得很妙，早知道就乖乖地跟對方交換飛車了。」

連續三局都在雙方的玉將沒有離開過初期位置的情況下展開角力戰的亂鬥，最後在第三十一手被攻破，然後就兵敗如山倒了。

「師父不止教我寫劇本，也教我下將棋，我還以為自己進步了。」

「你想太多了。辛皮先生大學參加過將棋社，聽說還是全國大賽的常勝軍喔。現在忙於工作，無暇與人對弈，但偶爾還是會玩線上將棋。」

同桌的宮村眞知雄笑著說。因為用餐時剛好坐一起，便也一起在露台上喝酒。差別在於我喝啤酒，宮村喝的是葡萄酒。

宮村和牧不一樣，是長得很帥的演員。年紀大概和牧差不多，但長相偏奶油小生，不是英氣十足的帥哥，而是昭和時代的那種美男子。我偶爾會在電視上看他扮演人很和善的大哥。他是「洗碗」劇團剛成立時就加入的成員，經常演主角。

「看來我還需要修練呢。宮村先生呢，你今天做了什麼？」

「我去了元伊勢。」

「元伊勢是伊勢神宮遷移到現在的伊勢前曾經短暫停留過的場所對吧。如何？是不是很有氣氛？」

公庄眼睛爲之一亮地問道。

「內宮與外宮都不大，人也不多，因此非常有情調，建議你最好也去看一下。如果你打算寫進劇本裡的話。」

「那是一定要的。正所謂百聞不如一見，我明天就去。」

「既然如此，你可以順便載荒河他們去嗎？他們今天哪裡也沒去，一直窩在天女莊裡。」

不同於直接從大阪開車來的我和麥卡托，辛皮他們先從東京搭火車到福知山，再從福知山租車前來。

宮村開那輛車出去觀光，但沒有駕照的荒河和義與喜多聖子哪兒也去不了。

荒河也是帥氣演員，充滿異國風情的五官讓人以爲是日本人與波斯人的混血兒。今年二十六歲，與宮村並列爲「洗碗」劇團的兩大巨頭，視劇情需要，不是由眉清目秀的宮村演主角，就是由濃眉大眼的荒河演主角。

喜多聖子是與荒河同年的女演員，經常看她演特攝的女幹部或廣告的配角。體型偏瘦，但肌肉十分緊實，似乎是以巾幗不讓鬚眉的武打戲爲賣點。

劇團有四位女演員，但這次只有她來別墅。

「就是說啊，也帶我們去嘛，不然眞的好無聊。」

或許是聽到自己的名字，荒河以故作親暱的語氣靠過來。

「不會跟我一樣去爬山嗎？」

身旁的牧對他說。

「我的腳力不像牧先生這麼好，而且我只帶了皮鞋，有心無力。」

「那就跟喜多妹子一起去湖邊散步啊。那裡沒什麼人，氣氛可好了。」

宮村看著兩人開玩笑。我剛剛才知道荒河與聖子是情侶，但這件事在劇團裡好像已是公開的祕密。

「我早上已經去過了……實在沒有一天走兩圈的雅興。」

「那明天就由我開車護送你們去約會吧，請二位大人不記小人過。」

公庄誇大其詞地抱著頭說。

「別消遣我們了，是我們要請大人載小人一程。」

一旁的聖子以通透的嗓音插嘴。她的聲音眞好聽。人長得很漂亮。演技聽說也還算上乘。

不只喜多，宮村和荒河在我眼中也都是大帥哥。儘管如此，在電視上看到他們的機會其實很有限。演藝圈的俊男美女實在太多了，而且新人還源源不絕地冒出頭來。

這對我來說並不是別人的事。下次再舉辦大阪出身的而立之年作家企畫時，我還能入選嗎……。我再次陷入絕望。

「對了，辛皮先生爲什麼要以這裡爲舞台呢？」

麥卡托問道。正在享用當地濁酒的辛皮以富有磁性的嗓音說：

「因爲我想過過當導演的癮。不好意思，讓他們陪我練習了。」

「說是練習，但你可嚴格了。比當演員的時候還講究。」

聖子笑著插嘴。

「這不是廢話嗎。因爲對我來說，這只是玩票性質，不用在乎任何人的眼光。這就是業餘最大的優勢喔。如果是專業人士，勢必得做出妥協。」

「但也因爲如此，這齣戲佳評如潮。」

「佳評如潮是因爲聚集了一批好演員喔。」

辛皮猛然想起似地補上一句：

「還有好的編劇。」

「感謝你沒有忘記我。」

公庄畢恭畢敬地低頭致意，引來哄堂大笑。與此同時，辛皮的手機響起。
「是我老婆打來的，可能有什麼工作上的事吧。」
「不是懷疑你偷腥嗎？」
辛皮消失在屋裡後，公庄開他玩笑。
我想起幾年前，八卦雜誌爆出辛皮與新進女演員的緋聞。後來立即遭到雙方的否認，所以只傳了半個月就沒有人再提起了。
「宮村先生最好也打通電話回家報備吧，以免被嫂夫人懷疑。」
宮村似乎是辛皮以外唯一的已婚人士。
「一點也不好笑。我早就因爲喜多妹子的關係被老婆懷疑了。」
宮村一臉無奈地揚起頭。
「因爲我？」
聖子十分意外地反問。
「妳不是在我生日的時候惡作劇地送我一條子彈內褲嗎，我老婆當眞了。」
「那還眞是不好意思啊。」
相較於用手掩住嘴角，笑著道歉的聖子，反而是荒河生氣了。
「這我還是第一次聽說。妳忘了我的生日，卻送宮村先生內褲。」

「我沒有忘記，只是不小心搞錯日期了。眞是的，我不是已經向你道歉過很多次了嗎。」

聖子以厭煩的表情解釋。

「我並不是要妳向我道歉。」

荒河漲紅了一張臉，氣沖沖地站起來，肩膀微微顫動，氣氛突然變得很尷尬。聖子起身離席，荒河也追上去，兩人就這麼一起上了二樓。

「我老婆已經很善妒了，荒河老弟也不遑多讓呢。」

宮村目瞪口呆地聳肩。

「大概是因爲喝了酒吧，聽說他前女友以非常過分的方法背叛了他。不過你剛才是故意的吧？爲了報她送你內褲的一箭之仇。」

牧意有所指地笑著瞥了宮村一眼。

「怎麼可能。」

宮村喝著葡萄酒。畢竟是演員，我無從判斷他是在裝傻充愣還是眞的無辜。只覺得兩位演員的臉蛋都長得無懈可擊，簡直就像在看連續劇。月色皎潔的湖畔或許也讓眼前的畫面更添幾分戲劇化。冷風從湖畔吹過露台。

「隨他們去吧。正所謂小倆口吵架，狗都不想靠近呢，反正一會兒就回來了。再來喝酒吧。」

我和麥卡托、牧、公庄、宮村等五人重新圍著桌子坐下。半晌後，辛皮回來了。他臉色不太好看，可見這通電話並不是什麼好消息。

「這種懸疑的狀況通常會發生命案吧。美袋老師會以誰爲被害人、誰爲加害者呢？」公庄像個好奇寶寶似地問我。他似乎因爲這次的舞台劇對推理小說產生興趣，下次想寫原創的懸疑劇碼。辛皮邀請我來的理由大概也是希望我能以專業的身分給公庄一點建議吧。

「重點是案發現場，而不是被害人呢。要以天女莊還是天女堂爲案發現場，或者是天女岩呢。還要是要把屍體沉進眞名井湖裡。即使同樣都與天女傳說有關，畫風也依舞台而異。」

我展開老生常談的講座。

「原來如此。」公庄坦率地表示佩服。「最直接的還是天女岩吧。雖然天女堂的氣氛也不錯。」

「關於那個天女傳說啊。」

牧插進來說。

「你們不覺得這裡的傳說有點奇怪嗎？」

他的語氣帶了點演戲的腔調。

「哪裡奇怪？」

我反問道。

「我很喜歡這種浪漫的傳說，所以拍完外景後去看了很多地方。」

這句話眞不適合從他那張猙獰的臉說出來。

「如果是常見的傳說，天女不是自己找出被藏起來的羽衣，就是由孩子告訴自己。要離開年輕人和孩子固然很痛苦，但基本上都是天女回到天界，過著幸福快樂的生活這種圓滿大結局。但這裡的傳說卻是天女找到羽衣前就已經身染重病，身心俱疲地回歸天界。」

「回到天界後，不就能恢復原本的美貌嗎。大概是爲了突顯兩者之間的對比，才故意加上那些令人心痛的描寫。」

但牧並不認同宮村的解釋：

「既然如此，臨走之際就恢復美貌應該能給觀衆留下更深刻的印象不是嗎，公庄？」

牧尋求編劇的意見。公庄也表示贊同：「有道理，如果是我就會這麼寫。」我雖然不置一詞，但也同意他的見解。

「於是我想到了天人五衰。」

眞是令人意外的發言。「天人五衰」是佛教用語，意指天人也有壽命，末期會出現五種症狀。

「天人五衰分成尙有機會痊癒的小五衰和生命確實走到盡頭的大五衰。天女最初罹患的疾病應該是小五衰吧。像是美麗的聲音發不出來、皮膚變得沒有光澤、眨眼的次數增加了。」

我記得剩下兩個是沐浴時水會黏在皮膚上和變得執著。前不久才查過，所以還有印象。

「但如果是小五衰，只要懺悔改過、行善積德就能治好。然而……天女穿上羽衣，回升天界時，頭上的花飾已然枯萎，羽衣也髒兮兮的，那是大五衰的徵兆。只有死路一條的大五衰。」

牧以充滿說服力的音調說道。真正的演員果然不同凡響，比麥卡托還有說服力。

「……你的意思是說，天女搞錯了，不該拿回羽衣，回歸天界嗎？」

「是你說羽衣傳說都是圓滿大結局的。」

「通常是這樣沒錯。那天女該怎麼做才好？我還沒有想到這一層。例如附近的比治，天女被趕出家門後，在別的村子安身立命，沒有回到天界。這部分或許藏有什麼暗示也說不定。」

牧發表完自己的說法後，心滿意足地閉上嘴。雖然沒有結論，但論點很有趣。

「這不是很有趣嗎！可以讓我用在劇本裡嗎？」

公庄也讚不絕口。

「問題是要怎麼變成圓滿大結局呢，你得自己想喔。還有一個條件，那就是劇本完成後一定要先給這個劇團演。」

「沒問題，下次的公演就決定是這個題材了。」

不知不覺間，懸疑劇似乎已被拋在腦後了。倒也無妨。

「敢情牧比公庄更適合當編劇嗎？」

宮村佩服地說。

「這只是我的興趣，要整理成劇本的話，我可沒辦法。而且我的創意也沒有多到足以成爲專業的編劇。只是今天剛好看到天女岩，讓我靈機一動。」

牧笑得眼尾都起了皺紋。。

「我從山頂回來的路上看到了，天女岩上有五位天女，最後一個差點掉下去。不，可能已經掉下去了。」

牧笑得頗具深意，不動聲色地朝我們使了一個眼色。他指的是蹲在岩石上的麥卡托吧。當時涼亭裡的人果然是牧。

「因爲五這個數字直覺地讓人聯想到五衰呢。只有最後一位天女烏漆抹黑，或許也讓我預料到不幸。」

「光是這樣就能推論到這裡，你果然很厲害。」

公庄激動地讚不絕口。

「那麼從今以後，『洗碗』的劇本就全部交給牧來寫了。」

辛皮語帶調侃地說。

「這可不行。」

公庄的情緒突然急遽降溫。

三人同時捧腹大笑。大概平常就很習慣拿年輕的公庄當下酒菜吧。他們的笑聲轉瞬消失在靜謐的湖畔。

夜更深了。結果荒河與聖子並沒有回到露台上。

2

我做了一個天女的夢。

在湖畔看到美麗的天女。這次卻輪廓分明地衝過我面前，並沒有消失。我追上去時，天女頭上的花飾枯萎、羽衣污穢、腋下生汗、開始散發出惡臭。

在我面前的是了無生氣的屍骸。

我嚇了一跳，驚醒過來，從床上一躍而起，不假思索地推開窗戶，眼前只有背靠靜謐的大江山，瀰漫著朝霧的真名井湖。

好可怕的夢。天女居然在我面前陷入五衰……。是什麼樣的潛意識令我做出這樣的夢呢。

發現樓下人聲吵雜，下樓一看，宮村與公庄在一樓說話。兩人跟前有個大型的黑色行李箱。

貌似前一刻剛由宅急便送來，收件人和寄件人都是厚中里沙。厚中里沙是由模特兒轉型的年輕女演員，前年才加入劇團。在模特兒界名不見經傳，上電視的經驗也少得可憐，因此我還沒見過她。

「厚中不是說她這次不來嗎？」

「打不通，在收不到訊號的地方嗎。」

公庄拿著手機，一臉莫名其妙。原本預定缺席的團員卻寄東西來給自己，也難怪他們丈二金剛摸不著頭腦。

「或許是她改變行程，臨時決定要來。」

但我驚訝的並不是收件人，而是那只行李箱。

「我昨天在天女堂看到過這個行李箱。」

「別開玩笑了？這個剛剛才由宅配業者送來。而且是從東京寄來的。」

宮村冷靜地指出。公庄也用力點頭。

「是我簽收的，絕對沒錯。」

業者的簽收聯確實蓋著東京都內汐留分局的郵戳。但凹陷處與我昨天看到的行李箱一模一樣。因爲很有特色，實在難以用偶然的巧合來解釋。

「請等一下，我還有一個人證。」

我匆忙走向麥卡托的房間，敲了好幾下門，麥卡托才睡眼惺忪地來開門，毫不掩飾內心的不爽。我簡短地向他說明一切，拖著他下樓。

「你記得這個行李箱嗎？」

「是昨天那個吧。」

麥卡托以愛睏的聲音回答。

「如果這麼在意，打開來看不就好了。」

「裡面該不會滾出一個屍體吧。」

「怎麼可能。」麥卡托懶散地回答。「還有，擅自打開寄給別人的東西是要負責的喔。」

我很意外麥卡托居然也有與常人無異的常識。

「得先取得厚中的同意才行。」

「牧應該知道該怎麼聯絡上她吧？他們以前不是交往過嗎。」

「那都多久以前的事了。兩人早在去年夏天就分手了。」

公庄調侃道。

「說的也是，我都忘了。」

宮村有些羞赧地搔搔頭。

「怎麼啦，吵死人了。」

或許是聽見騷動，聖子打著哈欠下樓。嘴巴張得好大，眞難想像她是女演員。

「里沙的行李寄來了，但她沒打算來吧。」

公庄向她確認，聖子繼續打著哈欠說：

「她是這麼說沒錯，但以那孩子的性格，什麼時候要改變心意都不奇怪呢。直接去問牧先生吧。」

「他們去年就……」

但聖子只當馬耳東風，身影消失在二樓。顯然是去找牧了。

「算了，牧先生或許眞的知道些什麼。」

就在公庄聳肩的瞬間，聖子的尖叫聲響徹整棟別墅。有如演出悲劇的最高潮，尖叫聲綿延不絕。不愧是女演員。我摀住耳朵，急忙衝上二樓，從化爲尖叫雞的聖子旁邊望向室內。

牧的屍體就躺在床邊的地板上。

*

「後腦勺一擊斃命嗎，未免也太疏於防備了。」

麥卡托戴著純白的手套，以萬般無奈的語氣說道。

「人被殺的時候都是這樣，難道你能隨時保持警戒嗎。」
「這是偵探的基本功。」
「跟我在一起的時候也是嗎？」
「你還沒本事偷襲我吧。」
屍體旁邊有個做成棍棒狀的沙包，後腦勺的頭髮則殘留著血液。
用來固定窗簾的布條纏住他的脖子。大概是房間裡現有的布條吧。窗戶兩邊的布條少了一條。
「兇手恐怕是先打暈被害人，再勒死他。」
「兇手從背後動手的話，表示是被害人自己讓兇手進入這個房間才遇害……是熟人所爲嗎？」
我壓低聲音，以只有麥卡托才能聽見的音量問他。
「或許吧。而且兇手大概就在這些人裡面。」
麥卡托完全不理會我的苦心，回答的音量搞不好比平常還大。
「在我看來，死者應該是昨晚十一點到凌晨一點之間遇害。兇手是等大家都回房睡覺以後才來找他。」
我們在露台上的宴會開到十一點散會。我清楚記得牧也踩著微醺的腳步回自己房間。

「可是，爲什麼是牧先生？」

「或許與聯絡不上厚中里沙有關呢？巧合不可能一而再、再而三地發生。」

公庄說他們直到去年還是情侶。兩者之間有關聯嗎。有關的話，說不定里沙也……。

現在已經不是討論天女怎樣的時候了。

出現在我們面前的刑警姓山口，像隻白斬雞就算了，還一臉宿醉的窩囊表情。原本就長了一張不起眼的臉，但是看起來如此窩囊卻另有隱情，因爲每次麥卡托都會在背後動點手腳，好讓自己可以介入調查。這次大概是透過京都府警的幹部。他手中到底掌握了多少人的弱點呢。還是只要掌握一個警界高層的弱點，就能在全國各地通行無阻呢。

麥卡托最先把矛頭鎖定在今天早上送到的行李箱。刑警百般無奈，一臉要你多管閒事地打開行李箱，裡頭只有大量裝滿沙子的沙包。讓人聯想到做爲兇器的沙包棍棒，但袋子不一樣。順帶一提，辛皮做證說沙包棍棒是練習用的小道具，放在東京的置物櫃裡，只要是劇團成員，任何人都能帶出來。

「只是用來製造重量啊。」

麥卡托低頭看著行李箱裡大量的沙包，喃喃自語。

「天女堂眞的有相同的行李箱嗎？」

刑警以充滿恨意的語氣假裝恭敬地問他。

「美袋這傢伙也看到了，連凹陷的部分都一樣。」

刑警命部下去天女堂確認，但是想也知道，天女堂的行李箱早已不翼而飛。幸好底座後面還殘留著行李箱的輪子痕跡，姑且坐實了麥卡托和我的證詞。

另外，據早上把行李箱送到別墅的宅配業者說，他確實把行李箱從配送中心移到小貨車上。雖然在配送的過程中被掉包的可能性不能說完全沒有，但雖然是鄉下地方，要堂而皇之地溜進停在路邊的宅配貨車也太有勇無謀了。

而且也實在想不出有什麼理由要大費周章換成裝滿沙包的行李箱。如果原本要送來的行李箱裝了屍體則另當別論。

「你太執著於殺人這件事了。」

刑警們忙著在天女莊與天女堂進行現場蒐證時，麥卡托悠哉地坐在露台上，享用早餐的三明治。昨天的晚餐也不例外，別墅的一日三餐皆由業者配送。早上的份剛才已經送來了，外送員看到停滿在停車場的警車也嚇了一大跳吧。萬一有什麼產地或日期造假的問題，肯定冷汗都要飆出來了。

「如果裡頭是寶石或現金等值錢的東西，就有充分的理由掉包了。只要撕下地址，再貼上一張新的就能據爲己有。」

「所以現在成功地一獲千金的人是誰？」

「我只是舉例。你身爲作家，應該比偵探更有想像力吧。」

麥卡托又對我說教了。感覺自從我得了最後一名後，麥卡托對我說教的次數好像增加了，是我的錯覺嗎。

「總之交寄的行李箱裝的肯定不是屍體吧。與其冒險掉包，直接寄給自己還比較安全。」

「既然如此，也有可能是厚中里沙寄出裝了屍體的行李箱，卻因爲某種意外無法前來不是嗎。像是半路上被殺了。」

我發揮想像力，反唇相譏。

「你的意思是說，有人殺了牧和里沙，以及行李箱裡的人嗎？」

「是的。」我點點頭，但也反省三具屍體或許太多了。

所以我才會是最後一名嗎？

一片混亂中，只有時間毫不留情地流逝。十一點，外賣送來中餐。早上因爲命案衝擊而食不下嚥的人顯然也都餓了，無言地在餐廳裡吃著夏威夷漢堡與沙拉套餐，我當然也不例外，默默地咬下調味得很重的漢堡。在這種情況下，麥卡托一面用刀子切開漢堡來吃，向站在一旁的山口刑警詢問偵辦的進展。

刑警一臉欽羨地看我們用餐。根據他的說明，殺害方法與死亡推定時刻皆與麥卡托的判斷幾無二致，沒有留下明顯的物證這點也是。

天女堂也一樣，村子裡的銀髮志工每個月會來仔細打掃一次，而且上次打掃才三天前，所以除了行李箱的輪子以外，沒有留下任何痕跡。然而就連我們昨天造訪的足跡也消失得一乾二淨，可見一定是兇手消除自己的痕跡時也抹去了我們的腳印。問題在於那是幾點發生的事。無法判斷是在殺害牧之前，還是今天早上天未亮時。

另一方面，行李箱是昨天上午九點過後送到汐留分店，從監視器的畫面可以看出寄件人穿著外套、用棒球帽遮住臉，不高不矮、不胖不瘦，戴著太陽眼鏡和口罩，所以也看不出性別，頂多只能判斷不是極度的肥胖或瘦高。

根據櫃台人員的證詞，那個人從頭到尾不發一語，支付也用預付卡。預付卡是劇團的公物，上週就不見了。因為經常傳來傳去，而且大部分團員都很漫不經心，從以前就時常搞丟，再加上金額不大，所以誰也沒放在心上。

隱約可見口罩底下的鬍鬚，但也可能裝了假鬍子。劇團中下巴蓄鬍子的成員只有編劇公庄，但他昨天九點在別墅與其他團員一起吃早餐，所以不可能是他。

宅急便的配送單據以打字印刷，所以很可能是用劇團的電腦和印表機印的。之所以這麼說是因為為了寄送小道具，任何人都能列印配送單。

另外，寄件人和收件人都是厚中里沙，但里沙本人下落不明，依然不接電話。前天在新宿和朋友吃晚餐是她最後的身影，再來就不知去向了。

里沙趁半夜來別墅殺死牧逃走的可能性不是沒有，但如果是那樣的話，寄來的行李箱究竟有何用意。

「我想請教一個問題，下落不明的厚中小姐與被害人眞的是情侶嗎？」

山口刑警問道，以鑽研的目光打量所有人。

「去年夏天就分手了。」

公庄搶白。動怒的樣子完全是喜劇的表現手法。我不禁懷疑難不成公庄是在故意發怒。

「不過，她前不久好像有和別人交往的跡象。會不會又復合了？」

聖子咬著沙拉，輕描淡寫地拋出爆炸性的發言。

「眞的嗎？對方是誰？」

宮村難掩八卦地問道。

「我不知道是誰。但根據我身爲女人的直覺，應該是『洗碗』的成員沒錯。」

「妳的直覺啊……」

宮村的亢奮一下子冷卻下來，活像賀年卡的對獎號碼只差最後一碼沒對中。[5]

不只宮村，公庄也露骨地表現出大失所望的態度：「喜多小姐的直覺啊……」

「沒禮貌。稍微相信一下我會怎樣？總有一些事情是同爲女人才會知道的。」

山口刑警顯然也很困惑，不知道該不該相信她的直覺，眉頭深鎖。

「不好意思……喜多小姐，恕我直言，對方也可能是妳的男朋友荒河先生啊。還有，聽說厚中小姐最近搶了妳演女主角的機會。」

「怎麼連你也這麼失禮，到底是誰在胡說八道。目前我們各有一半的機會。而且如果說我因此殺了里沙還有道理，問題是我爲什麼要連牧先生也殺了？不管是主角被搶走、還是男朋友被搶走，都與牧先生無關吧。」

聖子有些激動地反駁刑警的挑釁。

「劇團的角色都是依照各人的適合度來分配喔。那邊的宮村與荒河也是。」

或許是察覺到氣氛開始不穩，辛皮插進來打圓場。

「而且『洗碗』只是我基於玩票性質成立的劇團，在這裡搶著演男女主角並沒有太大的意義。畢竟一年才四次公演，而且都安排在週末。唯有熱愛舞台劇的劇迷才會來看，劇迷看的是

---

5 日本人過年有寄賀年卡給親朋好友的習慣，而郵局發行的賀年卡則有一組可供兌獎的數字。

演技，與是不是主角無關。而且他們都是可以在更大的舞台，有更好發揮的人。」

「但是如果能得到辛皮先生的重用，登上大舞台的機會也更大吧？」

刑警看了聖子一眼說道。

「這我就不知道了。」

辛皮不得不讓步。再說了，他們之所以願意大老遠跑來這個窮鄉僻壤，也是爲了討辛皮歡心吧。

但這句話似乎又激怒了聖子，丟出正中刑警下懷的震撼彈：

「巴不得牧先生死掉的另有其人。」

「誰？」

「辛皮先生啊。因爲他一直在勒索辛皮先生。」

刑警的視線轉向辛皮。團員們似乎都知道這件事，一個個停下正在用餐的手，低頭不語。

辛皮一時語塞，隨即大大方方地挺起胸膛承認：

「……我的確被牧敲詐了，但原因我不能說。我也沒有殺人。更何況這件事與厚中沒有任何關係。」

「是嗎？牧先生與厚中小姐曾經是情侶的話，厚中小姐就算知道他敲詐你的原因也不奇怪吧。」

「妳是說我一次除掉了這兩顆燙手山芋嗎……」辛皮按捺著不耐煩的心情說：「但昨天早上我明明和大家一起吃飯，不可能從汐留寄東西過來。」

「今天先到此爲止吧。」

刑警乾脆地爲這場鬧劇畫下句點。

「話說回來，麥卡托先生，你沒有任何問題要問嗎？是時候請你展現一下名偵探的實力給我瞧瞧了。」

刑警志得意滿地展示自己的收穫後，語帶挑釁地丟球給麥卡托。

一連串的騷動中，麥卡托始終專心用餐，拿起餐巾擦了擦嘴之後說：

「也好。反正辛皮先生剛才已經正式委託我調查了，就讓我銘偵探麥卡托貼露一手獨家的推理吧。」

不知是否想與眼前的演員們別苗頭，只見麥卡托用比平常更誇張的抑揚頓挫發表高見：

「我只想問一個問題。各位有人進到天女堂裡面嗎？不只昨天，也包括以前來這裡時。」

沒有人出聲，也沒有人舉手。昨天就算了，我不明白他連以前有沒有人去過天女堂也想知道的用意。

「每次經過時頂多在堂前合掌拜一下，根本不知道裡面可以進去。」

公庄貌似要代表一頭霧水的團員們回答。隨後包括辛皮在內，所有人都點頭附和。也對，大概只有麥卡托敢大搖大擺地闖入陌生的廟堂。

「了解。既然如此，那我就告訴你們吧。」

麥卡托繼續以裝模作樣的口吻說：

「天女在天女岩的深淵，不妨去打撈看看。」

3

員警們心不甘、情不願地前往眞名井湖搜索。一個小時後，一輛警車在坐在木板露台上喝咖啡的麥卡托面前停下，一名年輕的警官從車裡滾出來，上氣不接下氣地附在麥卡托耳邊說：

「撈到行李箱了。山口警官請麥卡托先生務必來一趟。」

山口刑警只請麥卡托和辛皮兩人過去，但是想當然耳我也跟去了。公庄等人也難掩好奇心想跟上，但年輕警官以車子坐不下爲由斷然拒絕。

警車停在途中的停車場，我們下車，走向天女岩。山口看到我，什麼也沒說。從他困惑的表情可以看出，他已經顧不上我了。

天女岩圍上封鎖線的繩子，前方有個纏滿水草，濕答答的黑色行李箱。定睛一看，相同的地方有著相同的凹陷。

「居然有兩個一模一樣的行李箱！」

我驚呼出聲。

「是弄成一模一樣的行李箱喔。」

麥卡托冷靜地糾正。

「麥卡托先生，你知道這只行李箱裡裝了什麼吧。」

山口瞪著麥卡托，似乎還有話想說。

「不知道，我只是推理。看來被我猜中了。」

刑警一聲不吭地打開行李箱，裡頭是個長髮女性對折的屍體。之所以馬上就知道是屍體，因爲從白色洋裝探出來的手腳早已變黑，沒了血色，背對著我們，看不到臉。

「辛皮先生，不好意思，要請你認一下屍。」

一旁的辛皮繞到正面。饒是再怎麼出色的演員，這時似乎也無法壓抑自己的情緒。

「是厚中里沙沒錯。」

彷彿從聲帶擠出聲音回答後，他便把臉埋在掌心裡，顯然無法再直視了。

「美袋老弟，你最好也看一眼。」

麥卡托在我耳邊呢喃。惡魔的呢喃。我懷著滿心的不安，走到辛皮旁邊，往行李箱裡窺探。

裡面是……昨天我看到的天女。

*

「是誰幹的！」

我忍不住大喊大叫。

「你想知道嗎？」

「你知道兇手是誰嗎？」

我震驚地看著麥卡托。

「這不是廢話嗎，我可是偵探。要警方來深淵打撈的也是本大爺喔。」

「麥卡托先生，誰是殺死厚中小姐的兇手？還有牧。請告訴我。」

辛皮懇切地追問。他臉上除了哀痛，更多的是憤怒。

「前言會有點冗長，可以嗎？辛皮先生。因爲這部分的順序很重要。」

得到委託人的首肯後，麥卡托坐在旁邊的岩石上，開始娓娓道來。山口也沒打算阻止他。

「厚中里沙恐怕是在天女堂慘遭毒手。兇手知道這裡的天女像長得跟被害人很像——又或許她本人就是天女像的模特兒——唆使她來嚇大家一跳。於是她便照兇手所說，偷偷地與兇手在天女堂會合。兇手大概是開車去車站接她。這時，美袋這傢伙剛好從瞭望台看到她走在湖畔的倩影。幸好沒有被兇手看到。而里沙則在我們從瞭望台走到天女堂的這段時間被殺死，塞進行李箱。兇手注意到堂外的我們，情急之下將行李箱藏在底座後面，自己則用梯子爬到閣樓上躲著。我們進入堂內躲雨時，犯手大概正躲在閣樓偷聽我們講話。」

「難不成，你早就發現兇手躲在閣樓裡？」

「怎麼可能。我要是知道的話，事情肯定會變得更有趣吧。」

麥卡托露出天眞無邪的微笑。

「言歸正傳。本來今天早上這個行李箱應該在天女莊與從東京寄來裝滿沙包的行李箱對調。因爲如果牧沒遇害，應該暫時不會有人去開行李箱，掉包的機會要多少有多少。這麼一來，劇情就會變成她的屍體是昨天早上才從東京寄來，而人在天女莊的兇手則因此有了完美的不在場證明。也因此兇手事先在同一個地方製造了具有特色的凹痕。」

「等等，麥卡托，兇手爲什麼沒有掉包，反而把這個行李箱沉入深淵呢？」

「因爲我們發現行李箱了。就算掉包，根據我們的證詞也會知道有兩個相同的行李箱，而且美袋這傢伙還目擊到被害人，所以自然也會發現被害人是在這裡遇害。因此兇手果斷地放棄掉包行李箱的計畫，將其扔進深淵。大概是想說這裡長滿水草，屍體被發現的可能性很低。」

「你怎麼知道兇手把行李箱扔在這裡？」

山口刑警大惑不解地問麥卡托。

「因爲牧死了。兇手不惜掉包行李箱也要拚命製造不在場證明，這時殺死牧就前功盡棄了。兇手當初的計畫應該沒有殺死牧這一個環節。既然如此，牧遇害想必不在兇手的計畫之中。那麼牧究竟做了什麼引來殺機呢？他昨晚的發言有個令我感到不太對勁的地方。那就是牧在這裡看到第五個人，想到天人五衰的事？」

「哦，你是指他從涼亭裡看到你的事嗎？」

「不，他可沒說他看到我了。當然他說的應該是我，但兇手並不這麼認爲。兇手誤以爲自己從天女岩前端丟下行李箱的行爲被他看到了。牧說最後一位天女烏漆抹黑其實是在形容我的穿著，但兇手大概以爲他說的是行李箱。」

「牧明明刻意朝你使了一個眼色。」

「看在兇手眼中，牧的眼色大概是故意向偵探示威吧。而且牧可是敲詐辛皮先生的惡棍，兇手擔心自己也會遭到勒索亦是人之常情。或許現階段牧還不知道兇手丟棄行李箱的事，但第二天一早，同樣的行李箱寄來給里沙，而里沙本人卻下落不明的話……」

「站在兇手的角度，必須趁夜殺死牧才行。」

「沒錯。討論到這裡，兇手已經呼之欲出了。」

麥卡托露出沒有絲毫陰霾的邪惡笑容，重新戴上絲質禮帽。一陣風吹過湖面，揚起燕尾服的下襬。

那一瞬間，我產生了天女飄過的錯覺。

「以下是單純的消去法。先排除牧發表天人五衰的言論時不在露台上的荒河與聖子兩人。兇手知道我們在天女堂發現了行李箱，所以再排除晚餐前一直在下將棋的辛皮先生和公庄。那麼只剩下一個人，兇手就是宮村喔。」

「宮村他爲什麼……」

辛皮以沉鬱的表情問道。

「被害人正與劇團的某個成員交往，而他有個善妒的妻子。大概是三角關係吧。」

「那他要怎麼從東京寄行李箱？宮村當時明明和我一起在別墅。」

辛皮繼續追問。

「從東京寄出行李箱的人應該是里沙吧。以要她練習演技或嚇團員一跳爲由，讓她喬裝成男人寄來，囑咐她不能留下任何證據。公庄想寫懸疑劇的劇本，所以或許是利用這點唬弄她。總之里沙在什麼都不知道的情況下寄出行李箱，然後跳上開往這裡的新幹線，客死異鄉……」

麥卡托仔細地向委託人說明。

命案至此水落石出。

＊

「麥卡托，問你一個問題喔……如果我們在天女堂打開行李箱，發現屍體，牧是不是就不用死了？」

從天女岩回去的路上，我對不發一語走在我身旁的麥卡托提出這個令我耿耿於懷的問題。總覺得牧的死我也有責任，爲此苦惱不已。

「別想太多，兇手當時正躲在天女堂的閣樓上偷聽我們講話。行李箱就算了，唯有里沙的屍體絕對不能被發現。萬一眞的被我們發現了，兇手大概會不管三七二十一地攻擊我們。所以一切都是必然喔。」

如果麥卡托沒有阻止我打開行李箱，命運會有所改變嗎？

「等一下……」

這一切眞的都是必然嗎？我突然想到一件很可怕的事。

「要不是你擅自闖入天女堂，發現行李箱，兇手也不必改變計畫，從天女岩把行李箱扔下去吧。要不是你跨過繩索，站在天女岩上，牧也不會看到你，從而提出天人五衰的話題。兇手也不會誤以爲牧是在威脅他，痛下殺手。里沙就算了，但牧的死都是因爲你吧！」

但麥卡托並未停下腳步，只是一臉詫異地挑眉。

「你在湖畔看到生前的里沙，在堂內告訴我這件事，躲在閣樓上的兇手自然也聽見了。要不是後來出現更危險的牧，兇手的殺意說不定就衝著你來了。而且牧被殺最主要的原因是他勒索別人。再說了，我是偵探喔，哪有辦法做出那種鬼使神差的事啊。」

濃霧再次開始籠罩著四周。

麥卡托式搜查法

メルカトル式捜査法

1

天要下紅雨了，那個麥卡托居然被救護車送去醫院。我還以爲那傢伙不是尋常人，自然也不會生病，說得再誇張一點，他是個就算被殺也不會死的男人，所以非常意外。

七月進入下旬，今年的酷暑也揭開了序幕。他依舊穿著燕尾服，所以說不定是中暑暈倒了。沒想到就連鐵人也會生病。

得知他住院是他被救護車送去醫院的三天後，不過他只住了兩天醫院，所以已經出院了。此時此刻就跟平常一樣，人在偵探事務所。

我提著香蕉去麥卡托掛著浮誇招牌的事務所看他，他很快就出來迎接我。總覺得他的臉色比平常還糟糕。他本來就很白，如今更是白得就像櫥窗裡的假人，了無生氣。

光是他沒有先虧我就爽快地讓我進門這點，已經跟平常的麥卡托判若兩人了。「眞的沒事嗎？」我忍不住擔心起來。

或許是猜到我內心的想法。

「不用擔心。對期待看到瀕死偵探的你有些過意不去，但我可沒虛弱到需要你同情。當然也不是中暑。」

坐在皮革沙發上，總算聽到麥卡托的嘲諷。穿著燕尾服的麥卡托用食指靈活地轉動絲質禮帽。或許他打算強調自己與往常無異，但逞強的語氣少了一絲活力，也欠缺平常的辛辣。這只是我先入爲主的印象嗎。

「所以呢，你爲什麼住院？」

一問之下，好像是因爲過勞導致身體不舒服。檢查的結果並沒有發現異狀，但醫生說還是靜養一陣子比較好。

「這兩個月被五個窮極無聊的案子忙得暈頭轉向。太勉強自己了。」

其中三個案子我也同行，剩下的兩個案子中，他只跟我說了其中一案。的確都是些勞神費力，但結局也眞的很無聊——甚至無法做爲短篇小說的題材——的案子。

「既然如此，你還在這種地方做什麼，快回去休息啊。難不成最後一個案子還沒有解決？」

「什麼這種地方，說得太過分了。古往今來，以私家偵探的據點來說，這裡已經很高級了……不過，最後一個案子剛才已經在電話裡解決了，剛好沒事幹了。」

麥卡托是這種工作狂嗎？我不禁心生猜疑，但也覺得撇開貪心這點不說，他不管是興趣、收益或散心，最後確實都歸結於偵探行爲上了。

「而且說到靜養，密室莊去年已經埋掉了。」

「那裡就算了。」

我不假思索地拒絕。密室莊可不是能好好靜養的地方，天曉得什麼時候又會出現屍體。

麥卡托有兩、三處可供靜養的房產，但無一不是發生過命案的凶宅。他會從經手的命案中以遠低於市價的價格買下自己喜歡但非常不吉利的房子，因此都不是可以靜養的地方。

「這麼說來，你沒接受神岡先生的邀請嗎？」

神岡是去年麥卡托某個案子的委託人。委託本身很單純，只是請麥卡托找出其所經營的名古屋某科技公司的商業間諜，但因爲扯到專利，所以報酬很豐厚，而且麥卡托一到的瞬間就發生密室殺人案，對他而言也是充滿甜頭的事件。

那位神岡翔太郎上個月打電話來，想請麥卡托夏天去他位於乘鞍高原的別墅，還說他朋友也會去。

麥卡托經常收到這一類的邀請，委託人與其說是爲了表示感謝，主要是想向自己的親朋好友現寶。畢竟偵探是很罕見的職業，固然沒有明星或運動選手那麼炙手可熱，但也是餐桌上絕佳的談資。麥卡托當然知道對方的企圖，所以這次也一如既往地拒絕了。

「乘鞍高原啊。確實是可以好好休養的地方呢。」

但麥卡托的回答卻不是這麼回事，所以我立刻打電話給神岡，問他能不能在那裡待上半個月，神岡爽快地一口應允。

一問之下才知道，神岡就跟歐美人一樣，每年夏天都會去別墅度一個月的假。只要是這段時間，麥卡托要待多久都可以。

如此這般，麥卡托接受了原本拒絕過一次的邀請。我當然也跟著去。這下子總算放下心中大石。

因爲要是麥卡托長期入住避暑勝地的高級度假村飯店，我可付不起住宿費用，只能獨自留在熱得要死的大阪。就算有冷氣，也只能蝸居出租大樓的某一個房間裡，終日對著電腦度過。

一週後，我把筆記型電腦放在後車廂，與麥卡托前往乘鞍高原。

早上出發，走高速公路經小牧、松本抵達乘鞍高原的別墅時，已是三點過後。眞不是從大阪開車可以輕鬆前往的地方。

神岡是名古屋人，因此只要沿著中央道北上卽可。只不過考慮到我們中午前就通過名古屋，那麼從名古屋過來大概也得花上半天吧。如果要頻繁地來往於兩地之間，無疑是累死人的距離，但如果要待上一個月，其實很近也說不定。

神岡的別墅座落在從乘鞍高原的中心再往上一點的位置，視野絕佳。由大型不動產公司開發爲別墅區，以錯落有致的間隔蓋了十幾棟別墅。每棟別墅的浴室都有溫泉。

高原的景色其實大同小異，通常是由藍得望不見一片雲的天空與鮮活的綠意形成明媚的對比，充滿療癒感的同時也很容易迷路。事實上，我就因爲貪看風景開錯方向，結果多花了三十分鐘才回到原路。後來我只能專心地盯著汽車導航，無暇分神欣賞難得的美景。依照導航無機質的指示，在樹種得很漂亮的林蔭大道上轉了好幾個彎後，雅緻的門柱映入眼簾，總算抵達目的地的別墅了。

洋館風的小木屋由深咖啡色的紅磚砌成，頂著帶了點紅色的瓦片屋頂。只有玄關和窗框漆成亮眼的白色。爲三層樓建築物，與二樓的懸山式屋頂交錯，附有窗戶的三角形屋頂一共有三組。

一樓有一半是沒有隔間的車庫，已經停了四輛車。車庫很大，我再把車子停進去也綽綽有餘。

或許是聽到引擎聲，我們才剛下車，玄關門就開了，穿著馬球衫的神岡現身。我們下高速公路時曾經打電話通知他，所以他的反應才這麼快吧。

神岡的年紀約三十五歲，體型高高瘦瘦。留著棕色短髮，柳眉上的額頭很寬，是個輪廓深邃的美男子，高而挺的鼻梁上架著時髦的黃色圓眼鏡，倒也給人一股坦率眞誠的印象。

「歡迎光臨，麥卡托先生。從大阪遠道而來一定累了吧。」

神岡殷勤地出來迎接我們。

「就是說啊，這傢伙開車好粗魯。」

麥卡托煞有其事地伸了伸懶腰，恬不知恥地回答。他明明一路上都四仰八叉地坐在副駕駛座看風景，從來也沒想過要跟我換手。麥卡托仰望碧藍如洗的晴空說：

「眞是個好地方啊。別墅看起來很新，是最近才買的嗎？」

「四年前就買了。背後有些曲折。」

神岡的音調低了幾度，令我有些在意，但麥卡托並沒有追問下去。

推開有如白巧克力片的門走進玄關，眼前的鞋櫃旁居然站了一個新選組[1]成員。水藍色羽織和服的袖口有著山形花紋，側著身子，手裡拿著日本刀，一副隨時都要斬殺過來的樣子。我大吃一驚，險些就要一屁股跌坐在地板上。

「這是人像啦。瞧你慌慌張張的，眞是個大驚小怪的傢伙。」

麥卡托呆若木雞地說。仔細一看，確實是假人。雖然穿著新選組的服裝，留的卻不是月代頭，而是時下流行的棕色短髮。即使定格於拔刀瞬間，深咖啡色的眼眸及深邃的輪廓也很平靜。感覺像是來京都觀光的外國人在玩角色扮演遊戲。

「是我妹妹的興趣。家裡還有好幾尊呢。」

「服裝是令妹做的嗎？」

1　日本幕末的親幕府武裝集團。

我問道，神岡搖頭。

「不是，是她朋友優月做給她的。舍妹也很喜歡穿優月小姐做的衣服……目前也當成遺物裝飾著。」

神岡不經意地透露。

經詢問，神岡的妹妹美涼五年前得白血病死了。大學畢業前夕病倒，與病魔搏鬥了半年還是不幸殞命，當時才二十三歲。他們的父母很早就去世了，神岡又忙著打理白手起家的公司，明明與妹妹同居，卻沒發現她的身體出了問題。

「美涼小時候來過乘鞍高原。當時我們的父母還健在，所以大概是美涼心中最美好的回憶吧。住院時也曾不止一次說過想要再來乘鞍玩。」

所以他才把別墅買在這裡。

「這就是美涼。」

神岡指著掛在牆上的照片說。黑長直的秀髮再加上與哥哥一個模子印出來的深邃輪廓，臉上洋溢著幸福的笑容。五官十分端正，與其說是美女，給人的印象更偏於英氣勃勃的中性美。這樣的她確實很適合新選組的服裝。

美涼的照片不只這張，光是玄關的鞋櫃上就有五個大小不一的相框。且每張照片皆有色彩繽紛的花一同入鏡，美涼大概很喜歡花吧。

「歡迎光臨。」

有個苗條的年輕女性穿著小碎花的夏裝，與柔美的聲線一起從二樓走下來。與照片中的美涼一樣留著黑色長髮，但這位可是正統的美人胚子。

「這是內人和奏。」

神岡爲我們介紹。一問之下才知道他們今年春天剛結婚。兩人手上戴著成對的婚戒。

和奏是美涼大學時代的朋友，在美涼生前就認識神岡。美涼會約大學同學來家裡玩，美涼死後，神岡也繼續邀請他們來家裡或別墅。

對生活中只有工作，沒有興趣，也沒有人可以一起玩或一起運動的神岡而言，他們除了是一起懷念妹妹的同伴，如今也是重要的弟妹們。大家都在名古屋上班，所以現在也還維持著親密的關係，包括妻子和奏在內，一共有六個人。其中五人今天已經來了，剩下的那個預定明天抵達。

客廳在二樓，一樓由書房及貯藏室、浴室構成。一踏進客廳，就知道爲什麼要把客廳設在二樓了。四面牆中，南邊和西邊的兩面牆是充滿開放感的法式窗戶，窗外是乘鞍高原一望無際的宏偉山景。爲了不讓窗櫺擋住視線，還刻意使用了細木條。

「這是美涼深愛的景色。」

神岡有些自豪地說明。法式窗戶的外側只有西側有露台，擺放了兩張兩人座的桌子和四把椅子。

二樓是面西的客房，每間客房都有可以眺望乘鞍高原的小陽台。神岡夫婦的寢室就在三樓有三角屋頂的房間。

儘管乘鞍的絕景美不勝收，我仍注意到客廳的入口兩邊站著一對讓人聯想到貴族舞會的男女假人。兩個假人都穿著綾羅綢緞的洛可可風格晚禮服，女方穿著用裙撐撐起蓬蓬裙的裙子，男方穿著施有華麗刺繡的大衣，大衣底下露出了白色荷葉邊的蕾絲圍脖和袖口。如果是照片中的美涼，不管穿男生或女生的衣服應該都很好看。

「這些衣服也是優月小姐做的嗎？」

我瞇著眼睛問道。

「是的。這是前年做的，美涼沒機會穿上……。每年聚會時，優月都會帶兩、三套衣服來。假人和配件則由我負責調度。」神岡說道。

「做衣服是優月的興趣，做了很多衣服，無奈自己個子太矮，所以就請身材很好的美涼穿給她看。美涼也很喜歡優月做的衣服，高高興興地當她的模特兒。」

和奏補充說明。然後苦笑著說：

「美涼長得很帥氣吧，所以淨是些寶塚風的衣服，沒有一件能穿出門。」

據她透露，優月好像在家裡幫忙。那些布料看起來都很高級，所以她的家境應該很富裕。

「她沒有從事服飾相關的工作嗎？」

麥卡托仔細地觀察布料的縫合處問道。

「她說如果沒有人能勾起自己想做衣服給對方穿的欲望，就沒有任何靈感，所以無法成爲專業的服裝設計師。我們是上了大學才認識，但優月和美涼就讀同一所高中，美涼從當時就一直擔任優月的模特兒，還在校慶舉行過服裝秀。放在玄關的新選組好像就是充滿當時回憶的作品。」

「美涼喜歡演戲，但身子骨從小就弱，不得不放棄戲劇之路。可能是想透過服裝完成角色扮演吧。」

神岡一臉寂寥地說道。客廳裡也有許多美涼的照片。從她笑得露出一口白牙的健康笑容看不出一絲病魔的陰影。

除此之外，寬敞的客廳裡還有好幾尊平安貴族或西洋騎士、中國官吏等充滿戲劇效果的假人。

「儘管如此，美涼小姐去世後，優月小姐仍繼續爲她做衣服啊。」

「是的。不過優月最近也開始爲我們做衣服了。」

和奏指著立在角落，高舉黃色彩球、穿著啦啦隊服的假人說道。

「那個模特兒是我。優月聽說我高中加入過啦啦隊，要我給她看照片。」

「所以假人的尺寸都不太一樣。和奏的個子比較嬌小，要另外訂製。」

神岡引以爲傲地說。

「像是一種復健，優月也一步一步地走出來了。」

「大家眞的都很愛美涼小姐呢……不只優月小姐，你們也是。」

「因爲美涼是我們的中心人物。」

據和奏所說，美涼雖然體弱多病，卻不是那種鬱結於心的性格，總是很開朗，很有領導風範，因此是聚集在這裡所有成員的小太陽。已經去世五年了，大家仍繼續在別墅聚會便足以證明她的號召力。

「所以希望美涼能了無遺憾地去極樂世界。」

神岡靜靜地仰望乘鞍高原時，客廳門開了，走進來一對男女。男人中等身材，有如大衛雕像般肌肉崢嶸的手臂從T恤的袖子裡探出來。可惜臉長得不像大衛，比較像是豐臣秀吉的猴子臉。另一位矮矮胖胖的女性則是短髮、圓臉，圓滾滾的眼睛很可愛。女孩一看到麥卡托，大眼睛立刻閃閃發光，高呼著「你該不會就是傳說中的銘偵探吧！」衝過來。

「正是。」

麥卡托不以爲忤地脫下絲質禮帽，微微欠身。

「你的衣服好好看啊。我可以做一件類似的嗎？」

比起麥卡托本人，女孩似乎更中意他的衣服，一副隨時都要拿尺出來量身的氣勢，就連麥卡托也不由得苦笑。

「神岡哥也不告訴我銘偵探穿成這樣子，只說你是個異於常人的偵探。」

「因為我想給你們一個驚喜嘛。」

神岡不知怎地有些得意。

此人想必就是中山優月吧。與方才聽到的逸事不同，她這不是早就振作起來了嗎。

「要做成人像的收藏品嗎？可以啊，放在這裡感覺也比放在杜莎夫人蠟像館舒服一點。不過既然要模仿的話，希望假人也能做得跟我一模一樣，不要用現成的。」

「那當然。如果是你的要求……和奏他們反而不喜歡連臉都做得一模一樣。」

神岡微笑頷首。

「因為長得一模一樣實在太噁心了。萬一在黑暗中不小心面對面會嚇死吧。」

和奏不假辭色地說。

「不只我，美涼也不喜歡。」

「我以前還眞的做過，結果只印證了恐怖谷現象[2]。」

神岡苦笑。那一瞬間，感覺有一股跟恐怖谷略顯不同，但同樣令人不寒而慄的感覺朝我襲來。這傢伙或許眞的會製作妹妹的死亡面具[3]……。

「自從美涼離開我們，我已經很久沒有這麼想爲誰做衣服了……麥卡托先生會在這裡待一陣子吧？」

優月天眞無邪地做出熱情的告白時，我發現後面的大衛秀吉正以凌厲的眼神看著麥卡托。可以想到的原因不外乎那幾個，此刻先按下不表。

秀吉插入優月與麥卡托之間，裝模作樣地行了一禮，自稱茂住大夢，與美涼從大學時代就認識了，目前在伯父開的食品公司上班。昨天就來到別墅了。

「請多指教。」

他語氣十分誠懇，然而卻帶點恫嚇意味地露出有如圓木般粗壯的手臂。

「你的手臂好結實啊。平常都做些什麼鍛鍊呢？」

---

2 恐怖谷現象是由日本機器人專家森政弘提出的理論，用以說明人類對長得跟人類很像的機器人從喜歡變成害怕的情緒轉折。當機器人長得愈來愈接近人類，人類會對機器人產生好感，可是當過了一個臨界點，人類對機器人的好感將跌落谷底。

3 利用石膏或蠟將死者的容貌保存下來。

麥卡托直來直往地問道。如果是平常的麥卡托，應該會稍微察言觀色一下，看來他果然還沒有完全康復。

「我中學到大學都在游泳。目前週末也會去游泳。」

他的眼神活像眼前如果有一顆蘋果，他可能會直接捏爆，擠成果汁。麥卡托不知是否沒有注意到，對茂住的恫嚇露出人畜無害的笑容。

「茂住同學大四的時候只差臨門一腳就能入選國民體育大賽了，好可惜啊。」

優月一臉懷念地說道。

「說得妳好像親眼看過似的，去決賽給他加油的人是我吧。優月明明在家裡給美涼做衣服。」

和奏目瞪口呆地大聲抗議。

「我一面縫衣服，一面在心裡給他加油啊。對不對？」

優月看著茂住的臉說。茂住原本緊繃的表情頓時放鬆下來。和奏輕聲嘆息。

麥卡托仍一臉呆滯地說：

「剛才看到和奏小姐啦啦隊的服裝，妳也做了茂木同學的衣服嗎？」

「對呀，去年做了游泳比賽用的短褲。因爲布料很少，很快就做好了。」

意外的回答令人莞爾。茂住則轉而露出尷尬的笑容。唯有麥卡托仍狀況外，嬉皮笑臉地說：

「那麼待會兒請讓我見識一下那個很快就做好的假人。」

「話說回來，聽說有五個人，所以還有兩位對吧？」

爲了緩和劍拔弩張的氣氛，我忙不迭地插嘴。

「對呀。他們一早去上高地，應該就快回來了。」

彷彿爲了印證神岡所言不假，兩個男人推開客廳的門走進來。隔音做得很好，所以門一關上，包含車聲在內，完全聽不見外面的聲音。既然如此，我不禁感到好奇，神岡怎麼知道我們來訪，不過留在屋外露台桌上的咖啡杯下一秒就告訴我答案了。

這次出現的兩個男人都是身材高大、體格壯碩的運動員類型。

和奏以前是啦啦隊員，所以身形削瘦，彷彿風一吹就會倒。優月個頭嬌小，是窩在家裡踩縫紉機的類型。照片中的美涼也很瘦。相較之下，男士們包括茂住在內，肌肉都很結實。我很好奇這群人大學時代究竟是什麼團體。

其中一個男人梳著稍微露出額頭的中分髮型，是個目光銳利的帥哥。另一位則是棕髮、白皮、小眼睛有點下垂，長相看起來很溫和。

「這位就是傳說中的偵探嗎？」

帥哥往前跨出一步，要求與麥卡托握手。麥卡托也伸出手來回應。

「我叫豬谷拓眞。今後請多多關照。」

他們打算在這裡住一個禮拜。豬谷在名古屋的汽車工廠上班，這次一口氣把特休用掉了。

「爲了提前處理假期間的工作，這半個月差點死掉。回去以後的半個月大概也會處於半死不活的狀態。」

豬谷自嘲，笑容十分爽朗。果然沒幾個人能像神岡那樣，整個月都在度假。

另一個眼角下垂的人自稱漆山光輝，語氣如長相般溫和，但問題十分直接：

「社長告訴我們，你叫麥卡托鮎。這個名字好特別啊，請問是藝名嗎？」

話雖如此，但他似乎沒有惡意。

「這是我的本名。」

麥卡托想也不想地回答。我從學生時代就認識麥卡托了，但我這才發現，我好像從沒看過他的學生證。

「我的名字不重要，你口中的社長是？」

「這點由我來說明。」神岡插進來說。「漆山是我的員工。我說過好幾次了，在這裡別叫我社長，但他的個性實在太一板一眼了。當初是美涼推薦他進公司，而他也實際爲公司做出很多貢獻。」

漆山在公司擔任業務一職，案發時正在東京出差，無緣得見麥卡托大顯身手的模樣。不同於其他成員，他明明有機會見識麥卡托的本事，所以似乎很扼腕的樣子。

「因爲我只有體力比別人好。」

「這傢伙從小學到高中都一頭栽在棒球上喔。高中棒球也是打第四棒[4]，還打進了愛知縣的前八強。」

豬谷搭著他的肩膀取笑他：

「別看這傢伙平常很溫和，一旦生氣可是會抄起球棒來打人那種，所以誰也不敢招惹他喔。」

從他足以與茂住匹敵的手臂及胸膛來看，這句話確實很有說服力。

「我才不會用神聖的球棒打人呢。要打人的時候我會赤手空拳。不過我還沒打過人就是了。」

「勸你還是算了。你只有拿著球棒時很嚇人，赤手空拳的話，光靠一招反身轉向就能躲開了。」

「怎麼，你們在上高地打過一架嗎？」

見豬谷踩著輕快的小碎步，優月問道。

---

4 第四棒通常是所有棒次中的靈魂人物。

「沒有，我們怎麼可能打架。」

豬谷趕緊搖頭。

「不僅沒有打架，還和樂融融地一起吃了河童燒[5]喔。只不過啊，情侶也太多了吧。不對，是根本只有情侶，所以漆山有點不高興。」

「我才沒有不高興。」

漆山以柔和的表情婉轉地否認。

「優月也一起來就好了。妳本來也打算來吧。」

「她來幹麼，來湊數嗎？」

優月鼓著臉頰對豬谷抗議：

「我也想去，但最後還差一點。不過現在總算是完成了，所以從明天起什麼時候都能去喔。」

然後面向漆山說：

「漆山同學，麥卡托先生答應讓我做他這套衣服。要是順利完成，或許能請麥卡托先生穿上。」

---

5 上高地的當地特產，做成河童造型的甜點，口感類似雞蛋糕，裡面有紅豆、奶油、卡士達醬等餡料。

有這回事嗎?我回溯稍早之前的記憶，但是沒有這一段。

更重要的是，即使被調侃也始終平和友善的漆山眼中似乎閃過一道寒光。想當然耳，背後的茂住也變臉了。

與兩人成對比，豬谷則是一臉意味深長地竊笑。

至於麥卡托嘛……還是面無表情。

*

我們在日頭開始西傾的六點半前往客廳吃晚餐。神岡大推一面欣賞乘鞍岳的日落美景一面用餐。

客廳也兼作餐廳，廚房在後面。八人座的大餐桌由一塊完整的木板切割而成，木紋鮮明美麗。桌上擺滿和奏做的餐點和請業者外燴的料理。神岡等人顯然知道哪些是和奏做的菜，但初來乍到的我根本無從分辨。因爲桌上的每道菜看起來都一樣色香味俱全。一問之下才知道做菜是和奏最大的興趣，還在念大學的時候就開始上烹飪教室了。

更令人在意的是，餐桌中央擺放著美涼的照片，照片周圍以鮮花裝飾。他們都習以爲常地用餐，但我總覺得好像參加法會，有點食不下嚥。望了一眼身旁的麥卡托，他也一臉稀鬆平常地吃飯。

看來似乎只有我坐立不安。

「明天位置要怎麼坐？」

當落日從乘鞍岳的背後射出餘暉時，和奏輕聲細語地說。

現在包括我和麥卡托在內，一共有八個人，剛好坐滿這張八人桌，但明天會再來一個人，變成九個人，可能會坐不下。

「別擔心，美袋這傢伙喜歡在露台上吃飯。」

「喂！」我本想跟平常一樣大聲抗議，卻也意識到在場的所有人當中，我的地位最低。因爲我只是麥卡托的跟屁蟲，與配件沒兩樣。但豬谷急著說：

「我和她一起去露台上吃吧。而且我還有一件事想做。」

「你只是想跟女朋友獨占露台上的美景吧。」

優月敏銳地說。

「還有一件事想做……難不成！」

茂住和漆山也滿臉笑意，神岡代表大家問道。

「呵呵。」一旁的和奏意味深長地笑著說：「我陪他選了一整天的婚戒。」

「你終於下定決心啦。」

「對。明天等她來，我打算給她戒指，向她求婚。」

豬谷臉不紅、氣不喘地向大家宣布，表情十分爽朗。因爲他的態度實在過於磊落，起初我還懷疑這是不是爲了整我和麥卡托的整人遊戲。

不料神岡以極爲眞摯的口吻向他祝賀：「恭喜你們。」其他成員也陸續獻上祝福。只差沒有拉禮炮了。就連麥卡托都獻上祝福的掌聲。我也跟著說：「恭喜。」

或許是喜悅的話題起了個好頭，接下來大家聊得更開心了。神岡甚至還趁勢鼓吹麥卡托買下隔壁剛拿出來賣的別墅，可惜麥卡托對沒有任何隱情的正常別墅不感興趣，毫不留情地拒絕了。

終於來到今晚的重頭戲，大家想聽麥卡托的英勇事蹟。

「這部分美袋老弟比我更熟悉吧。畢竟這傢伙一直把我的英勇事蹟換成鉛字來賺錢。」

麥卡托輕描淡寫地全部推到我頭上。身爲被招待的人，也不能冷淡地拒人於千里之外說：「請去看書。」只好以拖待變地回答：「明天再說吧。」

話說回來，該講哪件事才好？

不管講哪個案子，都只會讓他們幻滅，發現眼前的男人只是個惡棍，既不是名偵探，也不是正人君子。話雖如此，良心也不允許我美化麥卡托、欺騙他們。

除了暗自煩惱的我，其他人都在和樂融融的氣氛下吃完晚飯，準備解散時，發生了一個意外。

麥卡托推開椅子站起來，用食指旋轉絲質禮帽，沒想到禮帽居然脫手而出，飛向對面的神岡。

麥卡托很少如此失態。或許這還是我第一次看到。

神岡爲了躲開禮帽，身體頓時失去平衡，從椅子上摔下來。幸好用右手撐住地面，才沒有大礙，但也因此好像扭傷了右手腕。

麥卡托連忙衝上前去向他道歉。

「不要緊。」神岡微笑示意，但顯然也注意到自己傷了手腕。

「你很少這麼失態呢。」

回到客房後，我問麥卡托，他不僅沒有反駁，還表現出反省的態度。

「對神岡先生眞不好意思。」

然後歪著腦袋喃喃自語：

「我可能眞的還沒恢復正常。」

他居然沒有跟平常一樣反擊，害我也要跟著變得不正常了。

「所以才需要靜養嘛。好好休息吧。」

我無奈地提出再正常不過的建議。

「……我說麥卡托，眞的可以在這裡靜養嗎？」

「有什麼問題嗎？」

麥卡托反過來問我。

「總覺得美涼小姐的魂魄還在屋裡徘徊。」

我老實地回答。因爲往客房的走廊牆上也掛滿了她的照片，以及穿著由優月做的衣服的假人。其中大概也有像新選組的服裝那樣，美涼生前穿過的衣裳。

「至少她好像還活在他們心裡。即使已經死了，依舊是那群人的中心。」

「或許吧。」

這麼想或許很欠揍，但他們對美涼的思念實在太強烈了，就算因此賦予美涼實體也不奇怪。我記得應該有這方面的怪談。

「誰也無法彌補失去美涼的那個空缺。所有人就像在上無蓋、下無底的水井周圍摸索著前行，什麼時候掉下去都不奇怪。」

麥卡托意有所指地自言自語。

「也就是說……會發生命案嗎？我倒沒想到這個可能性。」

「是你建議我來這裡。而且全世界都知道你是掃把星。既然如此，你不覺得發生命案的可能性很高嗎？」

麥卡托好像恢復正常了，只見他臉上充滿了討人厭的笑容。

2

幸好半夜並沒有發生命案。

我在寧靜的高原山莊迎接神清氣爽的早晨。清新的空氣讓比其他人還早起床的我感動萬分，沿著籠罩在朝霧裡的步道散步了三十分鐘。保養完眼睛與肺部後，打開筆記型電腦，開始寫稿。感覺心曠神怡的同時，如果能把桌面也換成壯闊的乘鞍岳，說不定能文思泉湧。

然而幾個小時過去了，都已經到吃午餐的時間，依舊沒有任何令人眼睛一亮的靈感，只是欣賞了一早上的乘鞍岳。高原的霧氣已然散去，露出壯闊的山景。而我的原稿始終沒有任何進度。

昨天中午，漆山和豬谷去了上高地，但今天所有人都到齊了。只是吃完午餐後，優月和漆山、茂住三個人又前往距離這裡十公里外的白骨溫泉，和奏和豬谷則要去名叫鐘淵的溪流釣魚。以乳白色的泉水聞名的白骨溫泉自然不用說，聽說鐘淵是連當地人都不知道的祕境。問了詳細的地點，原來是我們來別墅途中走錯路時經過的溪流。因為實在太僻靜，才會發現我開錯路了。不過我記得很清楚，懸崖上綠樹成蔭，河水清澈見底。

事實上神岡原本也想去釣魚，但手腕的傷還沒好，只好打消念頭。想也知道都要怪麥卡托昨晚的失態。

繼昨晚之後，麥卡托今天也再三向他道歉。對神岡有點過意不去，但如果能看到這樣的麥卡托，不禁希望他再痛久一點。

穿著迷彩服的豬谷和穿著粉紅色長袖襯衫、戴著太陽眼鏡的和奏帶著折疊式的釣竿，在神岡的目送下，開著黑色的YARiS[6]離開別墅。早上十點左右，豬谷接到未婚妻的電話，說她已經從名古屋出發。

「除了戒指，也送上你今天釣到的魚吧。」

茂住挖苦眉飛色舞的豬谷。

茂住等三人也緊接在豬谷之後走出玄關。兩男一女的陣容，由穿著藍色襯衫的優月打頭陣，漆山和茂住有如左右護法。三人坐上白色的Corolla[7]，反過來由漆山開車，副駕駛座是茂住，優月獨自坐在後座。

可想而知兩個男人互相牽制，火花四濺好不熱鬧，但優月本人似乎一點感覺也沒有。

白骨溫泉當然也在我的觀光名單裡面，不過接到別墅浴室裡的水雖然透明，觸感也很不

6 豐田生產的汽車。
7 豐田生產的汽車。

賴，所以我決定等泡膩了別墅內的浴池再去白骨溫泉。

「要是他們也能在豬谷老弟後傳出好消息就好了。」

隨著三人坐的車子漸行漸遠，神岡喃喃低語。

我能理解神岡的心情。幸好豬谷的結婚對象是他們小圈圈裡的人，但不管是優月，還是另外兩個人，一旦跟圈外人結婚，就得讓美涼不認識的外人加到他們的小圈圈裡。神岡也不能叫對方不要來吧，因此可以的話，最好能外銷轉內銷。

「神岡先生認爲誰比較適合優月小姐呢？」

我提出這個別有用心的問題。

「我有說話嗎？」

神岡大吃一驚，眉頭顫動。

「這件事輪不到我多嘴……。我當然希望自己的員工漆山老弟能得到幸福，但這樣確實太偏心也太自私了。不只漆山老弟，對優月小姐也很失禮。」

果然是企業家，神岡回答得面面俱到，誰也不得罪。

「你有看到死亡的陰影嗎？」

與神岡告別回客房時，麥卡托問我。

「你昨晚也說過呢，可能會發生命案。」

別墅裡充滿了美涼留下的香氣，幾近嗆鼻，但我還感受不到命案的可能性。

「一邊是正打算向女朋友求婚的男人，一邊是前往溫泉鄉的三角關係，以及籠罩著別墅的死者陰影。」

「只有你樂在其中呢。」

我瞪了他一眼。

「或許吧。」

麥卡托乾脆承認。

「你是來這裡休養的吧。怎能期待命案發生呢。」

我好言相勸。

「你錯了。對於疲憊的我，命案是再好不過的復健。我還想感謝你爲了一己之私，硬是選擇這裡呢。」

「瞧你說得一副已經確定會發生命案的樣子……你該不會想跟以前一樣，主動引起命案吧。」

「怎麼可能，那樣就無法靜養了。只是這裡的氣味太濃了。我只是順從命運的安排而已。」

要是給深愛這個群體的神岡聽到了，他大概會昏倒吧。說完這句話，麥卡托舉起右手，食指朝上，似乎這才發現指尖沒有絲質禮帽。

「看來你還沒恢復正常呢。」

「我眞是的……」

麥卡托用舉起的右手貼著額頭。大概是打從心底感到失落吧。他這德性眞的很稀奇。

「我想起來了，忘在書房裡了。我去找書查資料時，放在桌子上。」

「一樓的書房嗎，你在查什麼資料？」

可能是覺得作家有需要吧，神岡昨天也帶我們參觀了書房。室內空間不大，但我記得有精裝版的古典及文學全集。

「你知道海克力斯[8]的十二功績吧。起初只有十個功績，另外兩個因爲有瑕疵，不被採用。後來又多了兩個，結果還是十二個。我想知道有瑕疵的那兩個功績是什麼。」

「我記得其中一個是打敗九頭蛇的功績。有一說是海克力斯在隨從的幫忙下[9]才殺死九頭蛇。」

我以不是很有把握的知識回答。

---

8 希臘神話的大力士。

9 目前比較常見的說法是得到姪兒的幫助，而不是隨從。

「嗯，我也知道勒拿九頭蛇的傳說喔。隨從燒掉了九頭蛇的首級。我不知道的是另一個功績。印象中書房裡應該有整套的希臘神話全集，所以我想借來看。」

「……另一個功績是打掃牛棚吧？因爲收了報酬，所以不算。」

我窺探麥卡托的表情回答。

「答對了。其實是奧吉亞斯的畜舍喔。因爲向奧吉亞斯索取報酬，所以不算。什麼嘛，早知道問你就好了。」

「對呀，不過我答不出那些專有名詞就是了。」

我有些得意，但仍表示謙虛。

「可能是因爲不同於擊敗怪獸，這個委託很樸實，所以你也忘了。」

「但是這個傳說還有一段讓兩條河改道的神蹟，幹的事比其他功績都還要超自然呢。總之這麼一來就了卻我一樁心事了……才怪，我反而在意起更多細節了。」

「說來聽聽。」

「儘管海克力斯已經通過十個難關，卻有兩個被判定爲無效。以勒拿九頭蛇爲例，假設我也在別人的協助下破案，這時如果有人抗議那不是我一個人的功績，我也無話可說，只能摸摸鼻子認栽。但是像奧吉亞斯的畜舍那樣，因爲收取報酬就推翻成果，這我可不接受。是不是商業交易與偵探的名聲無關吧。刑警可以領月薪，爲什麼偵探就要背負罵名，說我們見錢眼開。

就不能只評價我們的業績嗎。」

麥卡托情緒化地控訴。難道在我不知道的地方發生了什麼與報酬有關的糾紛嗎？因爲他很少發這方面的牢騷。

「不過海克力斯之所以得接受這些試煉，是要爲殺死自己的兒子贖罪，所以收受報酬不太好吧。不能與你的工作等量齊觀。」

「是嗎？」

麥卡托大吃一驚地瞪圓了雙眼。

「是的。雖然那也不能怪海克力斯，是赫拉害他精神錯亂的結果。你沒看到這部分嗎？」

「啊，我居然忘了……眞是的。」

麥卡托垂頭喪氣地說，一副就要跪下去的樣子。

「氣成這樣眞是虧大了。」

昨天罕見的失態姑且不論，但我大概可以想像麥卡托爲什麼會突然想起海克力斯的功績。因爲麥卡托的房間一角有尊會讓人聯想到古希臘國王的假人。海克力斯幾近全裸，與衣冠楚楚的國王完全不一樣，但不難想像他的注意力都被古希臘挑起來了。

「你就是不好好休息，還爲了這種事跳腳，才會反覆犯下一堆愚蠢的錯誤。昨天也是。」

「或許吧。不管怎樣，我累了，可以請你去書房幫我把帽子拿回來嗎。」

「可以啊，幫助病人是美袋家世代相傳的家訓。」

我二話不說地答應。確實也有這樣的家訓，但主要還是因爲麥卡托這麼遜的樣子實在很少見，看起來很有趣。尤其這還是他第一次讓別人去拿他視若珍寶的絲質禮帽。

連我也記得的知識都忘了，實在太不像麥卡托了。雖然他滿心期待發生足以讓他復健的命案，但照這個狀態來看，萬一眞的發生命案，他可能也無法解決。

愚蠢的失誤就算了，難道我希望偵探麥卡托黏破不了案嗎？

去拿回帽子的一路上，我一直在思考這個問題，但始終沒有結論。

如麥卡托所說，他的絲質禮帽就放在書房的桌子上，帽緣的觸感比我想像的還要光滑。

三點前，去釣魚的豬谷與和奏平安回來了。誰也沒有被河水沖走，不知去向。只可惜成果倒是令人不太滿意，只釣到兩隻小魚，和奏更是一無所獲。

「沒想到釣魚這麼難。」

和奏一臉懊惱地嘆息。

「釣魚需要的是耐心喔。」

神岡說出釣魚的格言。釣魚似乎是沒什麼興趣的神岡最近剛開始，且是唯一的樂趣。

「下次你也一起去吧。別說是兩隻小魚，至少能釣到十隻以上吧。」

「這就要看運氣了，還有釣魚之神的心情。」

神岡以莫測高深的表情一語帶過。

「神岡哥也有沒耐心的時候呢。」

豬谷邊脫鞋邊開他玩笑。就他在想解開左腳的鞋帶時，鞋帶斷了。

「不會吧。」

豬谷低啐一聲，我也跟著驚呼。不用說，這是凶兆。我下意識地望向麥卡托，他只是微微一笑。邪惡到不行的笑容。

幸好不是出門前斷掉，所以只要換上一條新的鞋帶就行了，但不巧的是溫泉三人組緊接著回來了。

玄關再寬敞，擠上八個人也實在太擠了。沒辦法，麥卡托和我、神岡夫婦先退回二樓。這時我看了三人組一眼，相較於拜名湯所賜，身心都變得明艷動人的優月，漆山好老人的表情和茂住猴子般爽朗的笑容卻都有些褪色。

「一開始就做錯了選擇喔。」

麥卡托在客廳用只有我聽見的音量低語。

「就算去溫泉約會，泡湯時也一定要分開，更何況是三人行，少了最關鍵的女主角，只剩下兩個情敵大眼瞪小眼。」

所言甚是。

「當然也可能因爲泡湯時的對話產生殺意。」

「感覺你好像從昨天開始就擺脫不了這個想法，還好嗎你。該不會以爲只要不放棄希望就會發生命案吧。我希望接下來半個月都能悠閒度過。」

執著到這個地步，我反而擔心起來了。

「這也是爲了你喔。最近都沒發生什麼事吧。你也差不多要江郎才盡了。」

「你希望發生命案是爲了我嗎，眞是夠了。我是推理作家，可不是傳記作家。」

「我又不是不知道你的原創作品是什麼德性。所以我可是天下父母心喔。」

他講得太義正辭嚴了，害我無法反駁。但我已經不是昨天的我了。無論如何都要在這段期間想出厲害的詭計給他瞧瞧。爲了給麥卡托一點顏色瞧瞧也一定要想出來才行。

燃起創作欲的我端坐在筆記型電腦前，結果花了一個小時，什麼也想不出來。看了看錶，已經四點了。太陽還高掛在空中，乘鞍岳也綠意盎然。

爲了轉換心情，我想去散步，下樓後，看到麥卡托在一樓露台打瞌睡。

別墅的北側是覆蓋著草皮的庭院，爲了緬懷喜歡花的美凉，庭院的前方蓋了一座溫室。別墅的門柱面向南方，因此溫室剛好在整個腹地的最裡面。從別墅到溫室大概有十五公尺的距離，串連兩者的石板路上架著拱廊狀的簡素屋頂，就算下雨也能往來其間。

鋪有石板路那側的別墅入口旁邊，同樣設置著有屋頂的木板露台。坐南朝北，所以使用上可能不太方便。溫泉在後門的前方，泡完湯後可乘涼。

參觀完溫室後，走出後門想散步時，看到麥卡托坐在兩人座的木製長椅上打瞌睡。令我大吃一驚的是旁邊還有個穿紫色旗袍的女人。女人的身型也很修長，兩人親暱地並肩而坐。

銘偵探與神祕的旗袍美女。

莫非被我撞見幽會的場面了？爲了看清楚，我躡手躡腳地走近，隨卽發現是一場誤會。旗袍美女是假人。難道麥卡托也是？不，他是本尊。不可一世地翹著二郎腿，絲質禮帽往下拉到蓋住眼睛，低頭假寐。

或許是察覺到我的存在，麥卡托居然露出宛如小動物受驚的反應，抬起頭來。眞是新鮮的反應。

「我眞是的，居然不小心睡著了。」

這才注意到身旁的人像。

「這是你放的嗎？」

「不是。我還以爲是你的惡趣味，像是沒有抱枕就睡不著那樣。」

「怎麼可能。如果是美女倒也不是不能考慮。問題不在誰把這玩意兒偷偷地放在這裡，重點是我睡死了。」

「幸好不是刺客。」

我原想打哈哈。

「真的，我居然漏洞百出。」

麥卡托撇著嘴自嘲，難得見他如此狼狽。對他來說，這麼不設防無疑是奇恥大辱吧。看樣子他果然還沒有恢復正常。

實在太可憐了，所以我決定不再刺激他。麥卡托也開始爲自己找藉口開脫：

「我從客廳的雜誌架隨便拿了一本雜誌來看，結果看到睡著了。」

「雜誌？」

麥卡托指著邊桌，但桌上什麼也沒有。只有他的手杖倚桌而立。

「你拿走了嗎？好奇怪啊。」

麥卡托再度陷入混亂。臉色發青，彷彿就要昏過去了。我懂他的心情。萬一是重要的搜查資料被拿走，他就要被烙上無能偵探的烙印了。

「大概是三年前的柔道雜誌，中間貼了一張褪色的便條紙，勾起我的好奇心，所以才選那一本來看。」

「貼著便條紙的那一頁寫了什麼？」

麥卡托搖頭。

「我從第一頁開始翻，所以還沒看到那一頁就睡著了……沒想到居然有人拿走雜誌，換上假人。看來我還需要靜養。」

「就是說啊。這是神明的旨意喔，要你別再期待命案發生，好好休息。」

不管是打瞌睡，還是有人乘隙拿走雜誌，放上假人，一再讓這種不應該發生的失態重複發生實在太不像麥卡托了。若說我從中感受到一股宏大的意念也不足爲奇。

「我做夢也沒想到會從你口中聽到神明這兩個字，但這次就乖乖地聽話吧。」

麥卡托從長椅上站起來，返回別墅。我推開後門，往裡頭跨出一步，麥卡托卻又回到旗袍人像身邊。

「再見。雖然很捨不得。」

他還在假人手背印上離別之吻。當時大概是四點過後。

而命案是在快五點的時候發生。

3

神岡臉色大變地跑來通知我們。他四點去散步，五點左右往溫室裡一看，在溫室裡發現了豬谷冰冷的屍體。

「豬谷老弟被殺了。」

或許是太驚慌了，光是要告訴我們這個惡耗就花了三分鐘。

麥卡托指示他報警，走向溫室。室內充滿嗆鼻的濕氣，豬谷頭部受到重擊的屍體趴在腐葉土上，旁邊有一根稍微彎折的金屬球棒。

「這是擺在書房的棒球人像的球棒吧。」

別墅的書房入口豎立著兩尊有如仁王像[10]的假人。右側的棒球人像穿著以藍色爲基調的制服，對面的假人則穿著柔道服。黑帶的柔道人像赤手空拳，擺開架勢，棒球人像的左手戴著手套，腳邊立著金屬球棒。

「好慘吶。頭部的側面都凹進去了，可見是一擊斃命。」

麥卡托比對遺體與球棒，感嘆道。

「而且兇手似乎只用一隻手拿球棒，想必對自己的臂力非常有信心吧。簡直是海克力斯呢。」

10 佛教的護法神，又稱金剛力士、大力金剛神。傳說是天界的守衛，通常一左一右站立在寺院的山門兩側，宛如門神，守護供奉的釋迦佛像。

「你怎能說得如此篤定。」

「被害人遇襲的時候難免會有血跡飛濺吧。眼下球棒就有一條直線的血跡。除了握把處的十公分左右。」

我觀察自己的手掌。寬度剛好十公分左右。

「如果用雙手握住球棒，長度應該會多一倍。」

「所以你判斷是單手嗎。以掄起球棒的要領撂倒豬谷。」

「而且是一擊斃命喔。不是對自己的臂力非常有信心，就是氣到失去理智了。我猜大概兩者皆是。」

如果只用一隻手，優月與和奏應該都不可能犯案。棒球社的漆山和游泳社的茂住在體格上都沒問題。神岡就比較難說了。

麥卡托蹲下來端詳豬谷的屍體。

「溫室裡太悶熱了，無法抓得太細，但應該是三十分鐘前的兩小時內遇害，也就是兩點半到四點半之間。」

「我記得他去釣魚了，三點才回來。」

我說。

「沒錯。因此死亡推定時刻在三點到四點半之間。當然如果有其他的證詞，或許可以把範圍縮得更小。」

有人趁他打瞌睡的時候把人像放在他旁邊，原本令他沮喪不已，如今卻生氣勃勃。難不成麥卡托病倒並不是因爲過勞，而是接了一堆無聊的案子？

「你直到四點都在對面的露台上睡覺吧？」

「我去的時候大概是三點半，所以意外地成了守門員。」

「可是你睡著了，根本派不上用場。」

溫室靠近別墅這邊放下了遮陽簾，所以看不見裡面的樣子。我叫醒麥卡托時，遮陽簾也放下來。

「窗戶的遮陽簾從昨天就放下來了。所以就算我在露台上，也不是不能動手殺人……但應該不可能明知我在那裡還動手行兇。而且撲殺的話，被害人有很大的可能性會慘叫。溫室的隔音功能不太好。所以可能是行兇時沒發現我在那裡，或是行兇後人還在溫室裡的時候我才出現在露台上。」

無論如何，以上是指兇手與被害人在三點三十分以前就來到溫室的情況。

「但是就結果而言，兩者都無法成立。」

順著沒有隔間的小溫室走了一圈後，麥卡托毫不戀棧地推翻了前面的假說。

「就我看來，除了唯一的門，溫室的窗戶都從內側鎖上了。如果無法從門口逃出去，犯人只能從後面的窗戶逃走吧。」

「後面的窗戶通到哪裡？」

「翻過圍牆是隔壁別墅的庭院。不過最近剛拿出來賣，所以沒有人住。神岡先生昨天晚餐才說過，你忘啦。」

我沒有忘，但也沒有記得很清楚。畢竟隔壁的別墅要不要賣和身爲訪客的我無關。跟麥卡托不一樣，別墅也不是我買得起的東西。

「所以就算我睡著了，正常人也不會冒著從門口出去，與我狹路相逢的風險吧。」

「說不定兇手打著萬一被你撞見了，就殺你滅口的算盤。」

我想嚇唬他一下，但麥卡托似乎早就想到這個可能性了，斬釘截鐵地說：「不可能。」

「如果是那樣的話，兇手應該會帶走這根球棒。但兇手卻把兇器丟在這裡，空手回別墅。」

「那就是一直躲在這裡，直到你醒來回別墅才離開。」

「他不知道我什麼時候才會醒來吧？要是你沒有來叫我，我可能會再睡三十分鐘，甚至於一小時喔。這麼一來，兇手一定會趕緊從後面的窗戶溜走吧。萬一神岡先生提早散步回來，我還在露台上的時候往溫室裡看，兇手就死定了。」

有道理。如果出口只有那扇門另當別論，但溫室裡有好幾扇窗戶可以逃脫。

「說不定兇手有什麼不能從窗戶逃走的理由。像是對某種特別的花粉過敏。」

「不是沒有這個可能性，但可以逃脫的窗戶不只一扇。很難想像後面的窗戶全都開著會讓人過敏的花。再說了，如果有那麼嚴重的過敏，打從一開始就不會選擇溫室做爲犯案現場吧。總之從常識的角度來看，犯案時間爲我出現在露台前和離去後的三點到三點半或四點到四點半之間的可能性最大。」

麥卡托做出結論的同時，耳邊傳來警車抵達的聲音。

*

警察到了現場後，開始蒐證與問案。現場的負責人姓桂渕，是一位身形矮小、看起來不太好惹的中年刑警，但麥卡托還是老樣子，使出了陰招。

「又透過高層來施加壓力嗎，你們這些自稱名偵探的傢伙眞的很傷腦筋耶。前陣子還搞出冤案騷動，說警方抓錯人了，搞得人仰馬翻。你有本事就給我揪出眞正的犯人啊。」

刑警以嘶啞的嗓音叫苦連天後仍乖乖聽命，只是毫不掩飾自己的陽奉陰違。從某個角度來說，也算是很有膽識了。

警方的驗屍結果與麥卡托的見解差不多。行兇時刻介於三點到四點半之間。也對，三點時所有人都看到他還活著，所以相去不遠。

但是對麥卡托提供的證詞卻很愼重，甚至語帶挑釁地說：

「你睡著啦。」大肆嘲笑之後。「既然你睡著了，就算從你旁邊經過，你也不會注意到吧。但只要查證所有人的不在場證明，自然會水落石出了。」

另外，被害人沒有其他外傷，也沒有抵抗的痕跡，看來是眞的被兇手用金屬球棒一擊斃命。

他的手機在兩點左右與未婚妻通過幾通電話、傳過幾封簡訊。未婚妻說她在途中走錯路，可能會遲到很久。不過三點到四點半間沒有通話也沒有訊息，因此無法判斷豬谷什麼時候還活著。發現屍體後，神岡打電話給她，但沒透露豬谷的死訊。擔心她萬一方寸大亂，因此發生車禍就糟了。拜神岡極力控制自己的情緒所賜，對方似乎並未察覺異狀。

未婚妻或許也隱約察覺豬谷今天要向她求婚。如果是這樣的話，她開車前往別墅的一路上應該都心神不寧。說不定走錯路就是因爲太興奮了。

然而一到這裡，馬上就得面對心上人的死訊，再也沒有比這更令人憂傷的事了。這一切都要怪麥卡托說出不詳的預言。

至少她抵達的時候，兇手已經繩之以法，是否能給她一點安慰呢？

我不抱希望地與麥卡托交涉，沒想到他居然同意了。

「本來應該等神岡先生委託我，我才開始行動，但這次就當是靜養中的復健。畢竟我也跟平常不一樣，出了很多紕漏。也罷，就模仿一次海克力斯，免費挑戰一下吧。」

從麥卡托臉上的表情看不出他對未婚妻的憐憫。毋寧說他只在乎自己的面子。說不定他也深切感受到自己的失常，擔心萬一失敗，才以義工的形式調查……。

一旦開始疑神疑鬼，就覺得這才是事實。問題是現在這個麥卡托眞的有辦法破案嗎？我感到前所未有的不安。

「豬谷老弟怎麼會……」

最初配合警方問案的是屍體的第一發現者神岡。形容甚是憔悴，但案發後仍努力安撫妻子及年輕友人的情緒。不愧是公司負責人。

「請問您有什麼頭緒嗎？」

神岡表情平靜地對刑警公事公辦的質問搖頭。

「他是個很優秀的青年，沒聽說惹了什麼麻煩。今天本來打算向未婚妻求婚。」

神岡的聲音很疲憊，無精打采地垮著肩膀。我想起他還說他喜聞樂見美涼的伙伴共結連理。這個團體接下來將何去何從呢？是原地解散，還是跟美涼去世時一樣，關係反而變得更緊密呢……。

「豬谷先生有什麼不對勁的地方嗎？」

「沒有。」神岡再度搖頭。

「至少在我看來是沒有……。但我們不是經常見面，如果是細微的變化，不一定看得出來。」

語氣裡透露著萬念俱灰的遺憾。

做爲兇器的球棒確實來自書房的棒球人像沒錯。這麼一來，兇手是自己人的可能性驟然提高。神岡也不想懷疑他們吧，但顯然也做好了兇手就在自己身邊、動機就在自己眼前的心理準備。

話鋒一轉，輪到神岡的不在場證明。

「下午三點到四點我都在客廳。後來才出去散步……」

他說三點過後，漆山、優月也和他在一起。優月在二十五分前後離開客廳，五分鐘後，也就是三點半換漆山離開客廳。漆山前腳剛走，和奏跟茂住就出現在客廳裡，四點前，三個人都在一起。

這之後，他去森林位於別墅後面的登山步道散步了一個小時左右。森林的所有權歸屬於興建別墅的建設公司，只要是別墅區的居民都能去散步。登山步道有許多路線，規畫得很好。早上我散步的路線也是其中之一。

神岡指著導覽手冊上描繪的路線圖，指出當天的散步路線。

他表示一路上只有他一個人，沒遇到其他人。曾經遠遠地聽見聊天的聲音，但方向與別墅不同，所以大概是別的散步客。五點回來的時候經過溫室，發現了豬谷的屍體。之後馬上跑去向麥卡托報告，所以沒碰過任何溫室裡的東西。

「美涼充滿回憶之地……」

走出房間時，神岡垂頭喪氣地喃喃自語，這句話讓我感到非常不對勁。

再來換和奏夫人被警方叫去問話。她似乎拒絕理解事情的嚴重性，回答問題的過程中整個人魂不守舍。難得一見的美貌與充滿光澤的肌膚如今感覺少了幾分色彩。

畢竟直到幾個小時前還一起釣魚，所以或許還無法接受現實。我能理解她的心情。

即使問她對動機或糾紛有沒有頭緒，她的答案也跟丈夫一樣「他很期待向女朋友求婚」。跟神岡不同的是她和豬谷從大學時代就認識了，理應有什麼發現才對，她卻說得不得要領。問她釣魚時和豬谷聊了什麼，她也只是含糊不清地回答：

「……跟平常沒什麼不同。他仔細地教我釣魚的方法。但我一條魚也沒釣到。過程中沒發生任何不對勁的事。那兩條魚該怎麼辦……」

就算留意到什麼，大概還需要一段時間才能喚回她的記憶。刑警顯然也認為再問下去只是浪費彼此時間，改問她的不在場證明。

「我第一次釣魚，累壞了，所以暫時在三樓的房間休息。」

和奏說她三點半去客廳前都獨自待在自己的房間裡。進客廳時，神岡和漆山都在，這點與丈夫的證詞相符。漆山離開客廳的同時，換茂住進來了。大家熱烈地討論釣魚的話題，四點前，神岡出去散步。夫妻倆經常一起去散步，但她今天釣魚太累了，所以就沒去。四點過後，優月再次回到客廳前，大約有三分鐘的時間只有她和茂住兩個人。當茂木與和奏獨處時，突然開始向她大吐苦水。

問茂木埋怨什麼，和奏支吾其詞：「我不方便說。」意思是要警方去問茂木吧。優月進客廳後，剛洗好澡的漆山也回來了。這次換她聽優月他們聊去泡溫泉的話題。直到五點神岡神色倉皇地衝進來說他發現豬谷的屍體。

「鞋帶……」和奏茫然地說。「豬谷同學的鞋帶斷了。我不是迷信的人，但問題可能就出在這裡吧。為了告訴當事人接下來會遭遇不幸。」

她指的是誰呢？美涼嗎？

「人一旦被捲入糾紛、承受強烈的壓力，通常會比平常的行為更用力。鞋帶斷掉或許也是從這裡延伸出來的結果。」

麥卡托一反常態地正經回答。

「那就跟美涼沒關係了。」

和奏明顯鬆了一口氣。這也讓我覺得不太對勁。感覺和奏跟神岡不一樣，她似乎有點怕美涼。

接著被叫去問話的是猴子臉的茂住。他從三點半以後一直待在客廳裡，這點有和奏的證詞爲他背書。兩人在四點前後獨處了三分鐘，然後優月和漆山就來了，這部分也一樣。

「聽說你向和奏小姐吐苦水。」

刑警一臉不懷好意地問他。

「是和奏說的嗎？」

「她不肯說是什麼內容。可以請你告訴我們嗎？」

「不是什麼需要隱瞞的事喔。」

茂住豪爽地說，但隨即降低音量，補了一句：

「但也不能大聲嚷嚷就是了。」

然後猶豫了片刻之後說：

「我向她請教戀愛上的事。」

「戀愛上的事？但和奏小姐說是苦水。」

「在和奏聽來或許是苦水吧。因爲明明只要鼓起勇氣告白就好了，我卻一直提不起勇氣。」

茂住以自虐的語氣回答。

「對象難不成是優月小姐？」

麥卡托不安好心眼地插進來說。

「嗯，是又怎樣。」

茂住瞪了麥卡托一眼，但隨即反省說：

「……不。其實是豬谷要求婚，所以我有點心急了。」

「擔心漆山先生會先下手爲強嗎？」

「對，所以與這次的命案無關。而且優月很快就回來了，我甚至來不及請教和奏的意見。」

茂住面紅耳赤地想結束這個話題。

「這也可以是動機呢。」

這次是桂洲刑警不讓這個話題就此結束。

「什麼意思？」

「現階段尚未出現像樣的動機，現在總算有一個了。假設優月小姐以前曾經與豬谷先生交往過，關係又死灰復燃了。」

「然後我因為嫉妒殺了他？」

茂住幾乎是笑著推翻這個可能性。

「我沒聽說他跟優月交往過。而且如果我這麼死腦筋的話，早就把漆山給殺了……呃，開玩笑的。現在不適合開玩笑吧。總之我會與對方約好，堂堂正正地一決勝負。」

惱火及傻眼、不安與反省。茂住以摻雜了各種情緒的表情說。

「不如說……。不，沒什麼。」

他最後含糊其詞地帶過。刑警想繼續問下去，但茂住已經閉上嘴巴，變成貝殼了。刑警也沒再追究下去，要他離開。正當茂住一臉如釋重負地站起來時。

「這麼說來，」麥卡托插嘴。「美涼小姐學生時代跟誰交往過嗎？」

「沒有。」茂住這次想也不想地回答。「美涼一直是我們這群人的核心，但大部分的時間都跟從小一起長大的優月在一起，應該沒跟任何人交往過。」

「那麼對你而言，她等於是霸占了優月小姐，你應該感到不太高興吧。」

「不予置評。」

茂住又變回貝殼了。

茂住的情敵漆山直到三點半都跟神岡及優月待在客廳裡，然後就去泡溫泉了，四點過後才又回客廳。

「中午不是已經去過白骨溫泉了嗎?為什麼還要再泡一次溫泉?」

刑警狐疑地問道。

「中午肯定泡得心煩意亂吧。」

漆山瞪了多嘴多舌的麥卡托一眼,態度與茂住一樣強硬,但眼神過於溫柔,起不了威嚇作用。

「優月在客廳裡一直講你的事喔。不,不只在客廳裡,在往返於白骨溫泉的車上也是。而且我是和茂住一起泡溫泉。」

明明沒問他,卻一五一十地回答,眞是個老實人。但都說狡猾的犯人會只說一成謊,其他九成都是實話。

「優月說要改衣服,離開客廳後,爲了整理一下自己的心情,我就去洗澡了。」

漆山的主張聽起來不無道理。刑警繼續問他對豬谷的死有沒有頭緒。

「沒有。反正你們在懷疑我吧。」

漆山以自虐的口吻反問刑警。兇器是以曾經是棒球隊員的漆山爲雛型的棒球人像手中的球棒。可想而知他是所有人裡面最擅長揮棒的人。

「我先說了,我才不會用神聖的球棒打人。」

這句話他昨天也說過。如果要打人，他會赤手空拳。但如果不是打人，而是殺人呢？普通人應該很難赤手空拳打死人。而且豬谷的體格也很壯碩。但也很難想像兇手故意用象徵自己的球棒當兇器來殺人。

「你在神岡先生的公司上班吧。」麥卡托問他。「換句話說，包括神岡先生在內，你是最了解所有人的人。在你看來，有什麼不和的種子足以造成豬谷先生遇害嗎？」

「最了解我們這群人的應該是和奏吧。啊，她是社長夫人，所以我對外應該要稱她爲和奏小姐才對……總而言之，出社會後不像學生時代每天都會碰面。不過我和豬谷都是基層員工，所以一起喝酒的時候也都在抱怨公司的事，而非聊這群人的事。如果豬谷是在公司裡遇害，我還有一些頭緒。畢竟職場上有很多……」

對漆山的偵訊到此爲止。

「我、我直到三點半左右都待在客廳裡……然後回房間繼續裁縫。」

被問到不在場證明，優月小聲地回答。與請求麥卡托讓她做衣服的時候判若兩人，有如驚弓之鳥。

「然、然後因爲沒有靈感，作業遲遲沒有進展，所以四點又回客廳。」

低著頭，回答得支支吾吾的樣子看起來就像承受不住良心的苛責，正在認罪的嫌犯。當然，兇手應該不是她吧……。

優月的證詞與其他人並沒有出入，可見她應該沒有說謊。

問她對被害人有什麼看法。

「豬、豬谷同學是個心地善良、溫柔體貼的人，美涼也對他信賴有加。所以假如豬谷同學眞是在這棟別墅裡遇害……」

「假如他是在這裡遇害？」

「不，沒什麼。」

優月的頭垂得更低了。難道她認爲死於五年前的美涼與豬谷的死有關？

「我的意思是說……美涼同意了嗎。」

「我說妳啊。」

刑警對她欲言又止的態度失去耐心，正要繼續追問時。

「是妳把旗袍假人放在我旁邊吧？」

麥卡托插嘴。

「你喜歡嗎？」

優月的語氣十分歡快，臉上還露出笑容。變得也太快了。

「感覺如何？看起來就像一對郎才女貌的情侶。」

「如果那是眞的女人，確實沒什麼好挑剔的。」

麥卡托報以苦笑。

「是不是！麥卡托先生很適合那種活色生香的人。」

優月的雙眼燦若星辰。一副不只服裝和假人，連情人都包在她身上的氣勢。茂住及漆山如果看到她這個模樣，想必可以放心了吧……話說回來，剛才那個畏畏縮縮、唯唯諾諾的人眞的是她嗎。

「妳什麼時候把那個人像放在我旁邊？」

「三點三十五分左右。因爲我無心裁縫，想呼吸一下外面的空氣，走出房間時看了眼時鐘。」

麥卡托三點半去露台，所以大概是他開始打瞌睡的時候。

「麥卡托先生睡著了，所以我趕緊去一樓把會客廳的人像搬過來。」

「要讓原本站著的假人坐下應該是個大工程吧。我明明就坐在旁邊，卻完全沒有發現，簡直沒資格當銘偵探了。」麥卡托自嘲一番後又問：「對了，妳順便把放在邊桌上的雜誌帶走了嗎？」

優月搖頭。說她不僅沒帶走雜誌，甚至沒有印象桌上有雜誌。邊桌和假人中間隔了一個麥卡托，所以可能剛好落在視線的死角。

「也就是說，雜誌是被兇手帶走的嗎？」

麥卡托自言自語。然後像是要轉換心情似地交換交疊的雙腳。

「剛才妳說，豬谷先生的死要經過美涼小姐的同意……」

把話題拉回打斷桂洌刑警的地方。聽到這句話，優月倏地低下頭，彷彿十二點過後的灰姑娘。

「……這裡頭或許有美涼的意志。」

優月下定決心似地吐露。依舊低著頭，但語氣鏗鏘有力。

「美涼現在仍住在這棟別墅裡，那座溫室也種了很多美涼愛的花。不可以在沒有徵得美涼的同意下發生命案。」

還以為她會說出什麼不為人知的動機，沒想到話鋒一轉，整個往怪力亂神的方向奔去。

仔細回想，和奏也對鞋帶斷掉的事耿耿於懷。難道在充滿死者意念的屋子裡待久了，人也會變得陰陽怪氣嗎？

「妳的意思是說，美涼小姐也對豬谷先生懷有殺意。妳能想到什麼豬谷先生遇害的理由嗎？」

優月頓時噤若寒蟬。麥卡托耐著性子等她開口。一分鐘、兩分鐘。桂洌刑警也察覺到氣氛凝重，不敢催她。就這麼過了三分鐘時。

「我不清楚。只不過……美涼很愛她哥哥。畢竟父母很早就不在了，兄妹倆相依爲命。」

優月輕聲細語地開始娓娓道來。

「所以……要是豬谷同學給神岡哥添了什麼麻煩，我想美涼不會原諒他。」

優月離開後，麥卡托狀甚佩服地微笑說道，一臉想爲她拍手叫好的樣子。相對於此，旁邊的刑警面無表情。不過身爲刑警，這也是理所當然的反應吧。

「眞有意思的想法。」

「她掌握到這起命案的本質了。」

「你是指兇手在美涼的許可下殺人？」

他是認眞的嗎？我不禁反問。

「說不定我身體不舒服也是因爲她想召喚我來這裡。」

「你什麼時候開始相信這些怪力亂神的東西了。」

我驀然想起他以前曾經假裝自己是靈異偵探的事。

「放心吧，我只是開玩笑的。光靠已死之人的意念無法撼動本大爺。但優月小姐的想法確實很有意思。她說不定有成爲名偵探的資質呢。」

只見一旁的刑警眉頭皺得更緊了。

死亡推定時刻爲三點到四點之間，這段時間的不在場證明簡單整理如下——和奏和茂住在三點到三點半之間沒有不在場證明，優月和漆山在三點半到四點之間沒有不在場證明。四點以後換神岡沒有不在場證明。死者豬谷三點回別墅後，因爲鞋帶斷了，嘟噥著眞是觸霉頭，隨即便回自己房間，然後再也沒有人看見他。

根據麥卡托在溫室的推理，三點半之前沒有不在場證明的和奏和茂住、四點以後沒有不在場證明的神岡都有機會殺人。

多虧有麥卡托這尊門神在，得以減少兩名嫌犯，但還剩下三人。只是以四點爲界，沒有人同時沒有這兩個時段的不在場證明，所以兇手一直躲在溫室裡直到麥卡托離開露台的可能性就消失了。

「話說回來……」麥卡托在露台上休息片刻後對我說。穿著旗袍的假人已經收下去了。

「你不是去一樓拿我的帽子嗎，我記得是一點後。當時金屬球棒還立在人像腳邊嗎？」

「這個嘛……我不記得了。」

我拿著從冰箱摸來的罐裝可樂，老實回答。我清楚記得戴著手套的棒球青年，但是對球棒的記憶就很模糊了。而且前一天也看到過，就算記得，說不定是昨天的記憶。

早料到遲早會有此一問，所以我拚命回想，但愈是努力回想，記憶愈是模糊。

如果球棒拿在人像手裡，一旦消失，我應該會注意到，但只是立在腳邊的話，就沒有印象了。

「我覺得有，但也可能沒有。」

麥卡托顯然一開始就不抱期待。

「我就知道。差點就能抓到與命案有關的線索了說。」

「既然如此就不要拜託我，自己去拿啊。」

「有道理，是我失策了。」

沒想到麥卡托居然乖乖地承認錯誤。明明不可能在命案發生前就料到這一點，採取行動，這種坦然認錯的態度反而令我毛骨悚然。

「可是我去書房的時候是一點多。死亡推定時刻爲三點到四點半之間，就算記得也沒有意義吧。」

「我去書房的時候是上午十一點。當時球棒確實還在。如果一點的時候不見了，就表示球棒是在這段期間被偷。」

「若白骨溫泉組一早就出門，這麼一來或許能排除他們的嫌疑，但他們也是吃完午飯才出門。同樣沒有意義吧。」

「說的也是。」

不料麥卡托又乾脆地同意我的看法。

「既然如此，不管我有沒有看到，結果都不會有任何改變不是嗎，你憑什麼責備我。你不也在案發現場前打瞌睡嗎。要是你沒有睡著，就能明確地消除只有三點半到四點之間缺乏不在場證明的優月小姐和漆山先生的嫌疑了。」

怒火在我心頭熊熊燃燒，我不服氣地反唇相譏。

「別這麼生氣嘛。假如一點前球棒就不見了，表示兇手並非臨時起意殺人。也能排除一起去釣魚的豬谷與和奏突然起衝突的可能性。」

「話是沒錯，你認爲有這個可能性嗎？」

「一旦開始思考動機就會沒完沒了，所以要見好就收呢。例如豬谷劈腿優月，因爲婚戒的事，優月知道豬谷對自己只是玩玩而已，因此動了殺機也不是沒可能。」

「想像力是偵探的本能，這也是沒辦法的事，但你在優月面前可不要說出口喔。」

我提醒他。

「一下子要我趕快破案，一下子要我在審訊犯人時手下留情，你也太難伺候了。」

「這是有人情味好嗎。」

我大聲抗議。但麥卡托四兩撥千金地說：

「人類可比你有人情味多了。不過這不重要，已經不需要審訊犯人了。」

「也就是說……你知道兇手是誰了嗎！」

「嗯，知道了。我可以馬上揪出來給你看。」

「此話當真？」

不知從什麼時候開始偷聽，有人靜靜地打開後門，探進一張中年刑警的臉。

4

「聽說你知道兇手是誰了，眞的嗎？」

受麥卡托之託將所有人聚集在客廳裡的神岡代表衆人問道。

「眞的假的？」

坐在一旁的和奏也以細如蚊蚋的聲音追問。她本來就很瘦，自從案發以來，臉色更是蒼白到隨時昏倒都不奇怪。

麥卡托不容置疑地點頭，背後是神祕的乘鞍岳。太陽沉沒到山坳裡，彷彿從麥卡托的身後自行發光。

「所以兇手到底是誰？」

相較於茂住的急驚風，他的情敵漆山則以慢條斯理的口吻質問：「到底是誰，請告訴我們。」

大家似乎都忘了，又或者不願意想起，兇手就在這群人裡面。這大概是一種正常化偏誤[11]吧，是在很多命案現場都能看到的光景。

但指出這點破壞氣氛也無濟於事，因此我往後退一步，準備迎接即將到來的悲劇。

麥卡托靜靜地把所有人看了一圈。

「話說回來，我介入這起命案的前因後果其實很不可思議。要是我沒有過勞病倒，就不會來到這裡。而且我很少病倒，所以決定在這裡休養。」

「這點我很清楚。」

沒頭沒腦的說明似乎令神岡感到困惑。

「然後發生了命案。棘手的是，我居然在露台上打瞌睡。導致死亡推定時刻的範圍擴大。凡事周到的我真的很少出這種紕漏，還被優月小姐整了一下。」

「抱歉。」優月柔弱地低垂臻首。

「不僅如此，自從來到這裡，我犯的錯五根手指都數不完，甚至害神岡先生扭傷了手。各位可能不相信，但我真的很少這麼錯誤連發。」

11 認知偏誤的一種，意指下意識地忽略或小看對自己不利的情況。

「我也是第一次看到扯這麼多藉口的名偵探。」

桂渕刑警落井下石地出言嘲諷。麥卡托無動於衷地接著說：「但美袋這傢伙好像深信是因爲我身體不舒服，但眞的是這樣嗎？我開始產生懷疑。我麥卡托鮎可是銘偵探，絕不可能跟凡人一樣，犯一堆平庸的錯誤。既然如此，我爲什麼會錯誤連發呢？這裡頭一定有什麼意義，而非單純的錯誤。」

相較於語氣斬釘截鐵的麥卡托，其他人全都聽不懂他在說什麼，一臉怔忡地看著他。我當然也不例外。

「我一開始就說了。我是因爲難得病倒，才來這裡休養，不幸遇上命案。但會不會其實反過來呢？會不會是爲了遇到命案，爲了來這個我曾經拒絕過一次的別墅休息才病倒呢。因爲我可是銘偵探。

既然如此，我來這裡犯下的無數個無心之過是不是也有其意義呢。不，既然我是銘偵探，一切應該都有意義。其中之一就是打瞌睡。我在庭院裡看雜誌時，不小心睡著了。假如這個行爲有意義，那麼答案只有一個。犯人趁我睡著的三點半到四點之間與被害人一起去溫室，行兇後又回到別墅。」

「太荒唐了。」

刑警眞心覺得很荒唐地冒出這句話。麥卡托再次當沒聽見。

「兇手是在三點半到四點之間動手殺人。除此之外無法說明我不小心睡著的理由。」

「你的意思是說，兇手不是漆山先生就是優月小姐嗎？」

我忍不住脫口而出，但馬上就後悔了。緊張開始在他們心中蔓延。他們大概終於有眞實感，坐在旁邊的朋友說不定就是殺人兇手。

問題是……只有他們在麥卡托指稱的時間沒有不在場證明。

「可是你剛才不也說，如果看到你在露台上，兇手應該會從後面的窗戶逃走嗎？」

「對呀。但如果兇手把睡著的我誤認成優月小姐剛做好的燕尾服人像呢？因爲我是低著頭打瞌睡，臉被絲質禮帽的帽緣遮住，兇手應該看不見。再加上因爲我太累了，皮膚就跟假人一樣蒼白。更何況優月小姐還把旗袍人像放在我旁邊，看起來就像一對假人。」

「也就是說……放上假人的我不是兇手吧。」

優月語氣雀躍地說，但隨卽意識到身旁的漆山，連忙用手摀住嘴巴。很遺憾，看她這個態度，漆山應該沒希望了。

「怎麼會……」漆山本人原本下垂的眼尾更垂了。優月想爲麥卡托做衣服，但沒有人知道她做的進度。如果昨晚就完成了……。導致漆山誤以爲與旗袍人像坐在一起的麥卡托也是假人。

……可是考慮到也有可能是麥卡托本人，從後面的窗戶爬到隔壁的別墅逃走要來得安全許多才對。

這時，我回想漆山的不在場證明。他去一樓洗澡。難不成行兇時沒穿衣服，所以只能回浴室嗎？而且如果是在洗澡，要洗掉噴到自己身上的血跡也很容易。

正當我思前想後時。

「我犯的傻還不只這一點。如果是平常的我，不可能想不起海克力斯的十二功績。因爲就連美袋這傢伙都知道。而且我還因爲自己記錯了，莫名其妙地發了一頓脾氣。簡直屈辱得想死。」

有這麼屈辱嗎。原來如此啊。

「十一點時，我去了書房，看到立在棒球人像旁的金屬球棒。這件事本身並不重要，問題是我不小心把絲質禮帽忘在書房裡，那可是銘偵探重要的裝束。但這也不是重點。重點是我居然請美袋老弟去幫我拿回禮帽，居然交給他這麼重要的任務。換作平常一定是我自己回去拿……。中午一點，美袋老弟去拿的結果很遺憾，他不記得做爲兇器的金屬球棒當時還在不在書房裡。如果是我自己去拿，一定會記得。」

「不好意思啊。可是不管我有沒有看到，都無法成爲任何線索不是嗎？」

「沒錯。你不清不楚的證詞只會徒增我的錯誤而已。這麼一來，等於一開始就沒有去書房調查。可是我犯了健忘症，不僅去了書房，還把帽子忘在書房裡，最後還讓你去幫我拿。假如我這一連串的犯傻都有意義，無非是爲了讓美袋老弟說出不可靠的證詞。那麼，身爲華生而非銘偵探的美袋老弟不可靠的證詞有什麼價值呢？

這個問題很難回答，但答案也只有一個。那就是華生太蠢了，無法推動案情。要是他能清楚記得，搜查或許就會有所進展。如果硬要從這裡找出某種意圖，那就是哪怕只有一點風吹草動，立場會因爲有沒有球棒而受到影響的人最爲可疑。」

「可是我的證詞對誰都沒有影響吧。」

我又插嘴。

「其實有一個人會受到影響喔。」

麥卡托意味深長地看了我一眼，繼續推理。

「我還犯了其他錯，但這是最明顯的。」

他開始用食指轉動絲質禮帽。幸好這次禮帽沒有飛出去，在他指尖轉著美妙的圈圈。

「昨天不小心失手了，還害神岡先生扭傷了右手。眞是太丟臉了……那麼繼續我們剛才的推論吧。如果我沒有失手，會發生什麼事呢？神岡先生今天應該也會去釣魚。也就是說，因爲我失手了，導致豬谷先生與和奏小姐單獨去釣魚，後來豬谷先生就死了。」

「等一下，你認爲是我殺死豬谷同學嗎？」

和奏大驚失色地就要站起來，淚眼模糊地抗議。

「請放心。這只是從我犯的錯有何意義倒推回來的結論，所以用相同的原理推論出來的死亡推定時刻也絕對不可動搖。換句話說，妳有完美的不在場證明。那麼釣魚這件事意味著什麼呢?你與被害人單獨相處對這起命案有什麼影響呢?如果不是物理性的影響，或許是心理上的影響。因此產生殺人動機。妳有頭緒嗎?」

麥卡托儼然看穿一切的語氣讓和奏無言以對地低下頭去。

「例如妳與被害人偷情，孤男寡女在天寬地闊的山坳裡跟情人一樣卿卿我我，結果被兇手看到了。」

「也就是說……」

中年刑警的視線瞥向神岡。但比起自己遭到懷疑，愛妻出軌似乎給神岡更大的打擊，只見他戰戰兢兢地問和奏：「眞的嗎?」和奏只是低著頭，沒有回答。這種態度無異於默認。

「如果說我還犯了什麼錯，那就是雜誌在我打瞌睡的時候被拿走了。我原本只是隨意翻看，還沒看到貼便條紙的地方就睡著了。倘若我犯的錯僅限於打瞌睡，那我應該不會特地從雜誌架抽出雜誌來看，不然就是已經看到貼著便條紙的地方，再不然就是醒來時雜誌還在手邊。剛才已經知道兇手堂而皇之地從我身邊經過。既然如此，兇手經過時就應該留意到雜誌，假如他知道貼著便條紙的地方是自己的報導，應該會下意識地拿起來看。動手殺人後還處於興奮的狀態，看到採訪了自己的雜誌就放在人像旁邊，就算大吃一驚，拿起來看也不奇怪。但兇手的手還沾著些許死者的血，只好帶走雜誌，並加以銷毀……。那是一本柔道雜誌。」

或許是已有預感，感覺得出來所有人都倒抽了一口涼氣。麥卡托乘勝追擊：

「沒錯，是柔道雜誌。犯人單手拿著金屬球棒，一棒子打死豬谷先生。如果是練柔道的人應該辦得到吧。當然游泳選手或棒球選手也辦得到。問題在於我爲什麼會拿起柔道雜誌呢。我對柔道一點興趣也沒有。明明還有很多別的雜誌，我卻拿起柔道雜誌。沒錯……是柔道喔。這麼說來，優月小姐爲了復健，模仿大家的制服做衣服。茂住先生是游泳社、漆山先生是棒球社、和奏小姐則是啦啦隊，優月小姐做了大家的衣服，給人像穿上。書房除了棒球人像以外，還有穿著柔道服的人像……那麼請問，你們之中有人練柔道嗎？」

「難不成豬谷是柔道選手嗎？」

如果是輕量級的柔道選手，精瘦結實的體型並不罕見。但豬木的個子很高。麥卡托以搖頭回答我的問題。

「他誇口可以靠反身轉向[12]躲開漆山先生的拳頭，大概是籃球社吧。」

他好像猜對了，沒有人提出異議。

「神岡先生沒有興趣，最近才開始釣魚。美涼小姐從小體弱多病，不能運動。當然也不是

12　反身轉向是指打籃球時以內側腳為軸心往外轉的技巧。

優月小姐。」

太陽下山了，暮色開始籠罩大地。但沒有人去開燈。麥卡托往四周看了一圈，送上致命一擊。

「至此，答案已經昭然若揭了吧。兇手誤以爲我是假人。換句話說，兇手沒見過我。如果還有一絲不安的話，只要從後面的窗戶逃走就行了，但兇手卻沒有這麼做。因爲兇手不知道隔壁的別墅要賣，現在沒有人住。神岡先生昨晚在餐桌上說了這件事。也就是說，兇手昨天沒有跟我們一起吃晚飯。還有，兇手是下午一點金屬球棒還在不在書房會受到影響的人，各位之中沒有這樣的人。但如果是早上十點左右才從名古屋出發的人呢。假如球棒在一點前被拿走了，只要能證明自己一點前還沒到別墅，就能確實排除自己的嫌疑。美袋老弟的證詞只對一個人有影響力。另一方面，我們也在前往別墅的途中迷路，經過他們去釣魚的鐘淵。萬一在同一個地方迷路，撞見男朋友偷腥的現場。男朋友過去已經劈腿過好幾次，令自己傷透了心，偏偏男朋友劈腿的對象還是自己的朋友，知道這件事，或許氣到失去理智了。於是偷偷來到別墅，偷偷觀察男朋友的樣子，打電話給被害人，叫他去溫室，一氣之下用從書房偷來的球棒打破他的腦袋。再匆匆地離開別墅，假裝自己一直在迷路，製造不在場證明。也就是說，兇手是……」

與此同時，有人小跑步地衝進來。

「麥卡托先生，那個女人到了。」

是個年輕的警官，大概是受到麥卡托的交代。中年刑警一臉爲什麼不是我的錯愕。但誰也沒阻止他。

「讓她進來，主角登場了。」

麥卡托重新面向所有人。

「以上是我的推理。」

微微行了一禮。直接附在我耳邊，小聲但得意地說：

「如你所願，我在未婚妻抵達前揪出兇手了。」

是這樣沒錯啦……。

極有份量的腳步聲逐漸靠近，在門口停下。

陽光隱沒，徹底陷入黑暗的客廳裡，門慢慢地開啟，走廊上的燈光射進室內。

有如沐浴在聚光燈下，虎背熊腰的手腳從碎花洋裝裡探出來，活像海克力斯的女子柔道家出現在我們面前。

【解說】銘偵探麥卡托鮎：異端信仰的邪神化身，驚世駭俗的邏輯宇宙。

文／喬齊安

（本文涉及關鍵謎底描述，建議閱畢全書才行閱讀）

「沒有人比名偵探更適合承擔這種思考實驗了。獨自抵達極北盡頭的麻耶，向讀者展示了一片前所未見的荒涼景象。」

——市川尚吾（推理評論家，寫小說的筆名為乾胡桃）

任憑季節更替，總是身著一襲燕尾服與高筒禮帽、頂著混血兒般的臉孔、黑白兩道通吃的硬背景，姓名不知是眞是假的麥卡托鮎，是推理大師麻耶雄嵩執筆以來創造出的第一位名偵探，也是他設計的角色中最具代表性的人物。奇妙的是，即使麥卡托已經活躍了三十年，我們讀者對於他的了解卻仍是相當有限。再加上他那往往在解謎後將事件拖入更加混沌、糟糕結局的風格，因此除了麻耶定義的「銘偵探」以外，粉絲也常稱呼他爲「謎偵探」。在瑞昇文化引進麥卡托系列相隔十年的全新單行本：《麥卡托狩獵惡人》（二〇二一）後，筆者也將藉由本篇解說，帶讀者一探麥卡托系列那標新立異、別無分號的迷人世界。

麥卡托鮎的首度亮相是在麻耶大學一年級時於京都大學推理研究社社刊發表的短篇：〈向西行的西伯利亞特快車〉，在這篇致敬克莉絲蒂《東方快車謀殺案》（一九三四）的原作中，解謎後志得意滿的麥卡托被兇手掏出手槍一槍斃命、抱憾而終。後來這篇作品改寫後收錄在短篇集《獻給麥卡托與美袋的殺人》（一九九七）裡，而麥卡托則改在麻耶的正式出道作《有翼之闇：麥卡托鮎最後的事件》（一九九一）裡提早慘死。換句話說，這位偵探背負的宿命是出場第一個事件就是最後的事件，往後只能生存在他的助手——落魄推理作家美袋三条發表的回憶中。麻耶的中心思想是否定本格推理的約定俗成，其中此設定來自E・C・班特萊《褚蘭特最後一案》（一九一三），主角仍然可在日後發表的作品中辦案。而該作「一案三破」，藉由一開始沒透露的線索一再打臉褚蘭特的推理，對黃金時期蓬勃發展的偵探小說投下震撼彈，也影響了麻耶日後對於「後期昆恩問題」的熱衷研究。

當然這個設定也對往後開展系列有不利之處，時代背景會出問題。如果要嚴格檢視，麥卡托在一九九一年就死了，又怎能在往後的作品裡使用智慧型手機、甚至在《麥卡托狩獵惡人》裡還在新冠肺炎疫情居家隔離？（有一部分粉絲的說法是後來和美袋相處的麥卡托是另一個人，也有讀者認為現在的麥卡托只是美袋的虛構人物）不過根據麻耶本人在專訪中的回答，他主要想避免讀者閱讀上的不便，決定讓麥卡托永遠不會變老，並盡量配合現代的常識與科技來寫作。這種類似「名偵探柯南」的做法也意味，這個偵探對麻耶來說非常重要，不但是他自己最想寫的角色，更是他想要挑戰具有冒險性質的推理小說時最需要的角色。

麥卡托系列有幾個顯著的特徵，首先是主人翁那極爲邪惡的性格描寫，以及他如何欺負美袋的心機都堪稱一絕。古典推理的神探再怎麼古怪難搞，調查辦案都還是一種正義之舉。然而麥卡托本身就是一個「反偵探」人物，道德與常識於他而言宛如地上爬的蟲子。不管對象是誰，他總是幹盡正常人不會做的惡劣行徑，僞造證據陷人入罪是家常便飯，甚至爲了自己的樂趣刻意誘發人類犯罪。福爾摩斯與華生之間的情誼是偵探小說界的美談，但麥卡托與美袋卻是推理史上關係最扭曲的搭檔。在〈徬徨的美袋〉這篇作品裡的結尾是美袋發自內心的想法：「有一天我一定要殺了他！」閱讀幾篇系列短篇，看到每次美袋是如何被惡整的慘況，讀者也會有深刻的共感，對麥卡托既愛又恨，他是個絕非名偵探樣板的奇葩。

第二是麥卡托花在思考辦案的時間很有限，他很少像一般偵探蒐集線索、四處問話，綜觀長篇至短篇，基本上是一出場就迅速了解狀況並破案。在大長篇《夏與冬的奏鳴曲》（一九九三）與《鴉》（一九九七）中，他只在故事尾聲亮相，戲份寥寥無幾。短篇〈小人閒居爲不善〉裡乾脆自己說明：「我就不是個適合出現在長篇小說的偵探。不管犯人多聰明，詭計多複雜，案件多麼高智商犯罪，我只要一登場，瞬間就解決了。不過這不是說我適合短篇故事的小案件，而是看起來超複雜的案件，我只要短篇的篇幅就能解決了的意思。」麻耶也確實沒有背棄這段宣言，麥卡托系列的三部短篇集都很經典，藉由「銘偵探」的特殊性一再打破犯罪推理小說的框架，許多篇作品的創意都足以發展成壯觀的長篇。推理作家圓居挽認爲，麥卡托的屬性就是用來表現麻耶技巧與情節的工具。

最後就是結合第二點的「實驗性」與「破壞性」，其大膽程度是在麻耶的其他作品中罕見的，也是麥卡托系列最大的價值。麻耶作品裡有中規中矩的推理作品，以及推理迷熟悉的「麻神」崩壞系傑作，雖然中心思想時常緊繫後期昆恩問題，但無論是業界給予大獎的《獨眼少女》（二〇一一）、《再見神明》（二〇一四），或是改編爲日劇的《貴族偵探》系列（二〇一〇），都看得出與麥卡托相比，作者在寫作上是有所克制，試圖以更溫和的路線質疑本格推理的約定俗成。這些作品確實爲麻耶帶來功成名就，但他驚世駭俗、超越時代的邏輯宇宙，要在離經叛道的麥卡托身上才能眞正地實踐與釐清。

麥卡托系列最前衛、或可稱之最巔峰的短篇作品出現在《麥卡托如是說》（二〇一一），這已經不是不甩諾克斯十誡、范達因二十守則的小兒科了，本作的五個短篇中每一篇都「有明確的他殺屍體，卻揪不出理應存在的眞兇」，從根本上顚覆了推理小說的本質、與讀者的默契。在〈亡靈嫌犯〉裡，麥卡托指出的兇手是早就死掉的人；〈收束〉裡導出的眞相是有三個人完全符合詭計條件，在平行世界裡他們是兇手的機率是相等的，所以到底是誰？〈沒有答案的繪本〉則是隕石級神作，經由一層又一層的推理消去法，二十名學生都被刪去行兇機會，結論就是沒有兇手；最後一篇內容很短卻極有意思的〈密室莊〉，是在封閉宅邸中憑空出現了屍體，但在屋子裡頭的只有麥卡托與美袋，兩個人又都堅稱自己沒殺人，在一個想要延續下去的系列中偵探與助手也不能是兇手對吧？那麼銘偵探該如何解決問題？

可怕的是，麻耶並非胡寫一通，由縝密的邏輯推演出令人跌破眼鏡的眞相正是他的拿手絕活。福爾摩斯有句名言：「當你把一切不可能的情況都排除之後，那剩下的，不管多麼離奇，也必然是事實。」耳熟能詳的推理迷過去對這句話的理解是「Ｗｈｏ、Ｈｏｗ、Ｗｈｙ」這幾個層面，但麻耶卻是以邏輯劍指本格推理的侷限——如果排除了所有不可能後的結論違背了你的常識，你該相信這是事實嗎？無論後期昆恩問題是否存在，所謂名偵探的推理到最後都是一場笑話，眞相不會只有一個，那是作者塞給你的。當作者（麻耶）不提供給你正解時，你就會困在迷宮中。讀者也無須質疑麻耶的專業度，是否不擅鬥智才劍走偏鋒。收錄於《獻給麥卡托與美袋的殺人》的〈鄉愁〉，完美遵守十誡規範，犯人就在簡潔的出場人物表中，還是一篇能讓讀者上當中計的「猜兇手」神作，筆者認爲麻耶非常適合「邏輯鬼才」這個封號。

《麥卡托狩獵惡人》所收錄的八篇作品長短不一、完成年代也不盡相同。〈愛護精神〉一九九七年時發表在《梅菲斯特》雜誌，由於是在出版《獻給麥卡托與美袋的殺人》之後就寫了，也延續了該作的基調，麥卡托在介入每一個事件時隱藏著不純的動機。寫作當下的麻耶在重讀福爾摩斯系列，我們也能從這篇作品裡嗅到〈紅髮會〉（一八九一）那種有趣的謎團味道。

〈討厭週三和週五〉是爲了新本格30週年合輯時構思的作品，四個被收養的孩子組成的四重奏，洋房內預告連續殺人的紙條……麻耶回歸《有翼之闇》的原點，故事也洋溢神祕學的復古氛圍，再一次致敬了小栗蟲太郎《黑死館殺人事件》（一九三五），可以說本作是《有翼之闇》的if路線，麥卡托神速地破案，也保全了自己的性命。而在本作中同時具備兇手與被害者身分的雙胞胎，從頭到尾都沒有出現在出場人物裡，又是一次犯規卻痛快的謎團。

〈不必要非緊急〉和〈名偵探的手寫筆錄〉的篇幅極短，內容是麥卡托與美袋的閒聊，反映麻耶對犯罪學的深厚底蘊。本格推理常被質疑在封閉豪宅中殺人不現實，但作者卻以精彩的觀點指出了這種設定的實用性，在本集中具有承先啟後的效果。

〈傳說之物〉發表在二〇一一年的《梅菲斯特》雜誌，原先註明爲「麥卡托狩獵惡人」系列的第一話，但事實上後來再也沒有刊登第二話，成爲鐵粉頻頻敲碗的「傳說新作」，直至十年後重新收錄在本集中。由於本來是作爲第一話，所以這篇故事洩漏了重要的「天機」，透露出麻耶對麥卡托的人設，以及《麥卡托狩獵惡人》所定案的核心。與前四篇故事相異，從本篇開始到最後一作〈麥卡托式搜查法〉自成一套對決後期昆恩問題的系譜，關鍵就是這段話：「我是銘偵探，所以經常成為眾人口中的傳說。可能是神，也可能是無法用常理解釋的東西。」極度冷靜沉著的語氣，有如從地底發出來的聲響，一點也不像麥卡托本人。

筆者曾在《再見神明》的解說中指出，艾勒里．昆恩晚期作品揭露的兩大公平性問題爲：（一）無法在作品中證明偵探提出的解答是眞正的解答；（二）名偵探在古典作品中具備神一般的地位，卻沒有神的能力，是否對作品中其他角色命運造成影響。前者是只要出現新的線索，偵探根據現況作出的推理就會出錯，麻耶在《貴族偵探對女偵探》（二〇一三）就用這個方式讓作品展現多重解謎的趣味。但在神明系列麻耶乾脆引入上帝視角，開宗明義強調神說的絕對正確，排除第一問題，再開發出嶄新的意外性。

而麥卡托也被明確地賦予這個能力，他之所以迅速解開眞相，並對自己滿懷自信，是因爲他得到了「有如從地底發出來的聲響」的天啟。麻耶的小說時常帶有基督教義，但並非傳統教派，更接近於諾斯底主義（Gnosticism，也稱作靈知派）。這個起源甚早的「異端」認爲，我們的創造主是次等的「邪神」而非耶和華，因爲如果神眞如同《聖經》描述一般眞善美，那麼人類世界不會如此混亂與悲傷。對於過去的人來說需要信仰來解釋現實，因此萌生負面思考的諾斯底主義也是必然。

「邪神」喜歡的不是救贖，而是用法律與道德來控制人類，人必須修煉「靈知」才能擺脫現世的束縛。《再見神明》的鈴木與主角桑町，顯然就是邪神與靈知者的關係。鈴木的神諭玩弄著所有角色的命運，而桑町最終選擇再也不信神，向神明道別也擺脫了束縛。與其相反的就是麥卡托鮎這位「救世主／代言人」（出道作《有翼之闇》的原名就是《彌賽亞》）。「邪神」會傳達眞相給他，有時背景成謎的他還會是「邪神」的化身，有意無意間觸動犯罪事件。這個人物的眞正意義就是對第二後期昆恩問題做出回應：有案件才有偵探，偵探的評價來自周圍角色，但偵探加入案件可能導致兇手改變犯案手法、或爲自保而增加受害者，偵探害得關係人變得更倒楣，那偵探爲什麼又憑什麼去插手案件呢？答案是，讓偵探自己主動去引發案件，去操縱犯人的想法與走向，把傷害降到最低。如此設定只有麥卡托能辦到，因爲他是不會讓長篇要素：「連續殺人」成立的偵探。

在〈傳說之物〉中，委託人原本找麥卡托來只是要看蘭花，卻讓誤以爲偵探前來搞事的兇手提前行兇，而麥卡托以反常的行爲限縮了被害者的行動，讓案件一天就落幕；在〈麥卡托騎士〉中，他眞正的目的是保護另一位作家委託人，因此在雨夜中的言論與其是勸退不如說是激將法，巧妙誘使了美崎動手卻墜樓的意外；〈天女五衰〉裡麥卡托本人看似無意做的事一再逼迫兇手落入絕境、並鬼使神差地讓兇手的殺意轉向另一個人，保護了美袋。而足以列入崩壞系神作的〈麥卡托式搜查法〉，則直接逆轉了推理小說中的「因果」：「我是因為難得病倒，才來這裡休養，不幸遇上命案。但會不會其實反過來呢？會不會是為了遇到命案，為了來這個別墅休息才病倒呢。因為我可是銘偵探。既然如此，我來這裡犯下的無數個無心之過是不是也有其意義呢。不，既然我是銘偵探，一切應該都有意義。」。打從麥卡托的過勞開始，一切皆是伏筆。偵探並非被動地因命案而活動，而是因爲有他的活動才必定發生命案。

《麥卡托如是說》從外部與內部結構上質疑了本格推理以邏輯敘事的極限，而《麥卡托狩獵惡人》則更勇敢地破壞了名偵探與小說本體的主從關係，回溯了「銘偵探」的根源。誰說偵探沒資格介入案件？麥卡托可以自導自演地創造惡人並追捕惡人。無論業界對孤獨行走在「外道」的麻耶雄嵩賦予反推理或是後設推理的稱謂，他仍一本初衷地對本格推理的規範進行強而有力的打擊，讓筆者在內的信徒迷戀不已。作家門賀美央子評論，麻耶式小說就像一座以「Mystery」爲主題的大型遊樂園，爲讀者開闢了全新的世界。請大家盡情地遨遊其中享樂吧。

作者簡介／喬齊安（Heero）

台灣犯罪作家聯會理事，百萬書評部落客，日韓劇、電影與足球專欄作家。本業爲製作超過百本本土推理、奇幻、愛情等類型小說的出版業編輯，成功售出多部相關電影、電視劇、遊戲之ＩＰ版權。並擔任KadoKado百萬小說創作大賞、島田莊司獎、林佛兒獎、完美犯罪讀這本等文學獎評審，興趣是文化內涵、社會議題的深度觀察。

〈初初一覽〉

愛護精神
《梅菲斯特》1997 年 9 月號

討厭週三和週五
《七人名偵探》 2017 年 9 月（講談社ノベルス）／
2020 年 8 月（講談社文庫）

不必要非緊急
《Day to Day》2021 年 3 月

名偵探的手寫筆錄
《IN ★ POCKET》1997 年 8 月號

傳說之物
《梅菲斯特》2011 VOL.3

麥卡托騎士
《梅菲斯特》2019 VOL.3

天女五衰
《梅菲斯特》2020 VOL.2

麥卡托式搜查法
《梅菲斯特》2020 VOL.3

TITLE

麥卡托狩獵惡人

STAFF

出版 瑞昇文化事業股份有限公司
作者 麻耶雄嵩
譯者 緋華璃

創辦人 / 董事長 駱東墻
CEO / 行銷 陳冠偉
總編輯 郭湘齡
責任編輯 張聿雯
文字編輯 徐承義
美術編輯 朱哲宏
國際版權 駱念德　張聿雯

排版 洪伊珊
製版 明宏彩色照相製版股份有限公司
印刷 龍岡數位文化股份有限公司
絃億彩色印刷有限公司

法律顧問 立勤國際法律事務所　黃沛聲律師
戶名 瑞昇文化事業股份有限公司
劃撥帳號 19598343
地址 新北市中和區景平路464巷2弄1-4號
電話 (02)2945-3191
傳真 (02)2945-3190
網址 www.rising-books.com.tw
Mail deepblue@rising-books.com.tw
港澳總經銷 泛華發行代理有限公司

初版日期 2024年12月
定價 NT$400/HK$125

國家圖書館出版品預行編目資料

麥卡托狩獵惡人 / 麻耶雄嵩作；緋華璃譯.
-- 初版. -- 新北市：瑞昇文化事業股份有限公司, 2024.12
320面；14.8X21公分
ISBN 978-986-401-791-1(平裝)

861.57　113017663

讀小說

Reading Novel